俳句初学作法

後藤比奈夫
Goto Hinao

ふらんす堂

俳句初学作法　目次

俳句初学作法

序——句会の作法と平常の心得

俳句を人に説くことは難しい。またそれ以上に、人に訊くこともむずかしい。本書は、著者が俳句入門当時に知りたいと思いながら、誰にも教わることが出来ず、ひたすら句作の年月を重ねているうちに、自然と会得したさまざまの事柄を、やさしく随想的に書いたものである。内容は、句会ではどうすればよいのか、季題とは何なのか、季重なりはどう処理すればよいのか、定型とは、言葉とは、と言ったごく初歩的な問に対する答にはじまり、次第に俳句の文芸としての、また日本の古典芸術の一つとしての在り方にまで及ぶ。すべて実作者として、俳句を作り、俳句を見詰めながら思いめぐらした結論を、著者自身に言い聞かすように述べたものである。

入門書ではないが、入門以前の読者や入門直後の読者には、よい手引となろう。また、この道に入って十年二十年の作家たちには、著者の意のあるところを汲んで、あるいは作句の参考にしてもらえるかと思う。いずれにしても、教科書のように系統立てていないのが本書の特色である。いつどこから読んでも、各章ごとに話が完結するようになっている。

一言にして言えば、これは著者のひたすらな初心のメモであり、俳句作法の一端である。多くは平常心について思うところを述べ、時に句会や吟行会について、斯くありたいとねがうところを述べた。

　原稿を読み返しつつ、私は私なりに、これを書いた昭和三十九年から昭和四十六年の七年間、あるいはそれよりもっと以前の初学時代の初心を懐かしがっている。人生時々の初心は忘れてはならぬが、その道に一歩を踏み入れた時の初心ほど、清らかで美しいものはない。

　読者諸賢の句業に稔り多からんことを祈りつつ。

著者

1　初学の初心

初心忘るべからず——という言葉の通り、初心を大切にするということは、私達俳句を学ぶ者の心のいましめとして、常にゆるがせに出来ないことである。ここで初心というのは、初めて俳句を学んで、それまでは目にもとまらなかった、四季の移り変りや、自然のいとなみが、はっきりと目に映るようになって、心に大きな感動をおぼえ、見たもの聞いたものは何でも五七五にまとめてみたい衝動に、立っても坐ってもいられないようになってみたり、それでいて俳句のよさとか深さとかは何一つ判っておらず、またどのようにして自分の心の感動を表現してよいのかも判らず、ただその時の自らの力量並に、いいも悪いもなく、ひたすらに俳句を作っているといった、ほんとうに初々しい心、何物にも染っていない一途の心のことである。驕ることなく倦むことなく、謙虚に初々しく自然に対して見開かれた目、自然に対して開け展げられた心というものは、何にもまして尊いものであって、この心が失われたならば、自然もまた我々に対してその心を閉じてしまうであろう。

初学という言葉がある。初めてその道に入って学ぶことである。いま申し上げたように、俳句を学ぶようなときには、初学のときの、何にも妨げられない心をまず第一の初心と申してよろしいと思う。しかしながら、自ら願ってその道に入ったとしても、初学の間は初心の正体など全く判らないのが普通であって、いくらか学を修め、経験を積んで省みて、はじめて自らの初心の頃の姿が彷彿として来るものである。従って初心を大切にせよということは、勉強を積んだ者をいましめるための言葉であって、初学者にとっては、一刻も早く初心の状態から脱出を試みたいというのが、偽りのない心持であろう。

私たちは同好の友のふえることを喜び、初学者を歓迎する。しかし歓迎をする割に、初学者に積極的な勉強の場を与えていないように思う。初学者に適切な指導をしておらぬように思う。よく言えば自然に会得の出来るまで待ち、悪く言えばやや放任主義的なところがある。初学者ばかりの集団では指導がやや楽になるが、一般の句会や雑誌の投句などになると、会の世話役や長老、古参などが、初めは手をとって教えてくれるけれども、少し判りかけて来ると、それもいつの間にか放り出されて、やはり自ら会得しなければならなくなる。作ってみて、選を受けてみて、その中から次第に進路を見極めるというのが、俳句修業の行き方であった。たくさんの佳句を読み、出来るだけ多くを作句し、選を受けて考える、というのは確かに立派な修業である。私たちもみんなこのただ一途の方法で、勉強をし、勉強をさせられて来た。今後もこの修業の方法は俳句に関する限り、止むを得ないただ一つの上達法であると思う。しかしそれはそれとして出来うるならば、なるべく暗中模索の時間を少なくし、初学者に適切な示唆を与えて、一日も早く俳句が判り、勉強に精の出るような指導が出来たならばというのが私の念願であって、その意味で、自らの初心の頃を顧みながら、何か書き記してみようと思い立ったのが、この覚書である。従っていまここでは、本当の意味の入門書を書くつもりはない。また系統立った読物を書こうというのでもない。ただ初心というような心のかたちが形成されかかった程度の人々を相手に、私自身の初心の覚書を断片的に記して見るというのに過ぎない。幸いにこの中から、いくらかでも初学の人々の参考になる事柄が拾い出せるとしたら、まことに仕合せなことである。

2　季感を通して対象を把握すること

俳句が十七文字の定型詩であることの話をしばらく置くとすれば、まず取り上げねばならぬのは季語のことであろう。俳句の勉強にはじめて手を染めた時には、誰しもが定型と季語との束縛のために、非常に窮屈な感じを受ける。しかしよく考えてみると、私たちが俳句のよさに心を惹《ひ》かれるというのは、実は俳句の本質であるこの五七五音の定型と、季感のひろがりを通して対象を詠みとるという、つまり季語を詠み込むという、二つの規制そのものに強く共鳴するからなのである。従って、しばらくその窮屈な勉強を続けている中に、次第に定型と季語の窮屈な感じがなくなって来て、実は本当に俳句に携わる楽しさは、その二つの本質自身にあり、それがなかったならば俳句など到底作る気持にはなれないだろうとさえ思うようになって来る。

さて、この二つの宿命的な拘束を受けて構成されている俳句は、一見その取材の場といい、表現の形式といい、まことに狭く画一的であって、もはや詩として文芸としての発展性を失っているかのような危惧をさえ抱かせるほどである。そのゆえに定型を否定し、季語を否定するといった方法で、俳句の埒外へ出ようとする試みが、昔も今も変りなく続けられているのであるけれども、私どもにとっては、よし俳句の活躍出来る場が狭くとも、また近代文芸として急速な発展性を望みにくいとしても、定型と季語あるがゆえに、俳句に志しているという自らの立場を、迂闊に忘れてはならないと思う。

そこでいま申し上げたいことは、この定型と季語の二つの約束の中でも、初心のときに、とりわけて大きな感動を我々の心に呼び起すのは季語であり、季語を勉強することによって、四季の移り変りというものが、これほどに大きな感激をもって、人の心をゆさぶるものであるということを、はじめて深く感じ取ることが出来るのである。俳句を作りはじめる前の季節に対する感覚と、俳句を作りはじめてからの季節に対する感覚との違い、殊にその境界ともなるべき初学の頃の季感に対する初々しい心の躍動は、いつまでも大切に保存されなければならないと思う。同じ雨が四季によって、同じ風が、同じ月が、雲が、これほどまでにその趣を変えるものであるということは、俳句と取り組んで初めて判るといって過言ではない。特にそれは心の開眼とも言うべきもので、何物にも換えがたい喜びであると思う。歳時記の季題の中には、もはや余りにも古めかしいものや、次第に現在の目まぐるしい世の中に取り残されたようなものもあって、そのような季語を使って俳句を作ることは、何か時代錯誤のような感じがしないでもない。が、たとえそのような季語であっても、その解説を読み、例句を読んで、昔の風俗習慣と季節のつながりに心を遊ばせることは限りなく楽しいことである。まして季語が今も我々と共に存在する行事であったり、自然である場合には、歳時記に学びつつ接するそれら四季の風物は、実に限りない詩因を包含して、我々の心をときめかせる。

　そこで私がこの章で申し上げたいことは、それらの季語を詠み込んで一句を作り上げる時にも、季語そのものの本質や、その季語特有の季感に囚われ過ぎることなく、それらの季語を含んだ対象の全てを取り巻いている季節の感じをよく味わって、逆にその中から、自然と浮び出して来る対象を詠むように心掛ける方が、一段と味わいの深い作品を得ることが出来るということである。季語は季語として活躍をし、大きな役割を果す。しかしその季語の役割に頼りすぎないで、季節感を通して対象を詠み、季語を強めることが出来れば、一層心を打つ作品となると思う。

3　季語の重複

　先に述べたように、しみじみと季感に心を打たれて、一つの対象が詠い上げられたときには、誤って季節違いの二つ以上の季語が重複することは滅多にない。もしそういうことがあるとすれば、主たる季節の季語を他の季節の季語が補足強調する。例えば、

春 の 月 あ り し と こ ろ に 梅 雨 の 月　　素 十

というような場合である。この句では、現在目の前にあるのは梅雨の月であって、その梅雨の月を見ていると、ちょうど同じところに懸っていた春月のたたずまいが思い出されるというのであって、発想の因は、眼前の梅雨の月と、それを取り巻く梅雨の庭や庇や空なのである。このような場合には、二つの季節は決して違和感を起させないばかりか、その季語の反対性や時には類似性が、互いに助けあって主題を強調する。

また、一句の中に二つ以上の同じ季節の季語が含まれることがある。この場合には季節として違和感はないけれども、その中の一つが他の季語によって強調されるときは、季感も一層強められるために佳句の生れる場合が多い。しかし、もしおのおのの季語の間に関連性や補足性などのないときは、却って作品は分裂し季感も減殺されるものである。また同じ季語が二回出て強め合うことがある。例えば同じ言葉を二度重ねて強調するのと同じで、次の句のような場合である。

シクラメンはシクラメンのみかなしけれ　汀女

また同じ季語ではないが、例えば、

方丈の大庇より春の蝶　素十

のように、もともと春季の「蝶」に春を重ねたために、一段と春の感じが強まっている。方丈の感じ、大庇の感じが、作者に一段と春らしい蝶、闌春《らんしゅん》の蝶として、蝶を把握させたのである。春の蝶というような摑み方は、まさにぴったりと季感の捉えられた例であって、そう簡単に真似の出来ることではない。また無理に試みようとしても出来ることではない。

今ここに述べた幾つかの例のように、季感の統一が出来て、作品がより高められるとき以外は、季語は重ならない方がよい。一体に初学の間は、うっかりすると季語を忘れたり、またすべての季語に通じているという訳でもないので、無季の句や季重なりの句が、期せずして出来上るものであるが、よく心を配って、作品を一季語に絞り上げることを心掛けるべきであろう。

4　季題と季語

前章で私は季語という言葉を用いて、二、三の解説を行った。私は取り立てて季語という言葉と、季題という言葉を使い分けるつもりはない。一般にもはっきりと区別して使われてはいない。どちらも季節を表わす言葉、季の詞として同じような意味合いに使われている。しかし同じ意味を持つ言葉であっても、私達言葉のひびきに敏感な者にとっては、やはり多少違ったニュアンスを感じさせる。季語という言葉は、明治以来俳句の発達と共に使い古された季題という言葉に比べて、大へん自由な明るさとひろやかさを持っている。従って言葉の感じが新鮮なために、新しさを好む人々が季のことを論ずる時には、どうしてもこの季語という言葉の方を好んで使うようである。

季題という言葉の感じは、もはや一つの独立し、完成し、固定化された概念としての季の詞であって、何か動かしがたい力をもったものといった感じがする。これはこの言葉の「題」という字から来る印象があずかって大いなる影響を及ぼしていると思われるが、兼題とか席題とかいうように、俳句に詠み込むべき一つの主題を提供する言葉として、それぞれ一つの確立された概念を伴っているように思える。

このような意味から、歳時記に収録されている季の詞は、季語といっても季題といっても同じことであって、別にどうということはないのであるが、今述べたような言葉のひびき具合から、仮に次のように定義して、本書の中では少し意識して使い分けをしたいと思う。即ち、俳句に詠み込む一つの季の詞という考え方を中心として、作品の主題としての季の詞、俳句を通じて先人の遺した一貫した季感の積み重ねがあって、一つの既成概念を作り上げている言葉、また席題とか兼題とかいった感覚で取り上げられるようなときの季の詞を季題と呼ぶことにする。一方季語というのは、俳句は勿論和歌でも他の文芸でもよろしい、一般に日本の季節感をあらわす多くの言葉、あるいは季節感に関わりのある言葉として、広義の季の詞と考えて見たい。このことは言うまでもなく私の独断であり、飽くまでこの書物での約束事として申し上げるに過ぎない。

いまこの約束をした上で前章の季語の重複のよしあしのことを言い直してみると、二つの季題を含むような俳句は同季の季題の並立がうまく行った時以外は、作品としての価値に乏しいが、前掲の梅雨の月の句などのように、二つの季語が入ってはいるけれども、季題として考えるとき、その中のいずれかが季題であって、他の季語はただ季語として季題を助けているような構成の作品は、決して季重なりとして排斥するようなものではないと言うことになる。即ち、

春の月ありしところに梅雨の月　素十

の春の月も梅雨の月も季語であるが、この句の季題は梅雨の月であるというように、二つの言葉の意味を見極めるのであって、以下この用い方で進めたいと思う。

5　何から始めるか

ここで少し話を初学的に戻すことにして、まず俳句を出来るだけ早く理解し上達するために、何から始めればよいかについて、やや具体的に申し述べて見る。毎月一回か二回の句会に兼題や席題をもらって、一と月中それを相手に自然ととり組むということも、また大切なことではあるけれど、一年に四季は一度ずつしか廻って来ないのであるから、このような暢気な勉強ではとても人並の上達はおぼつかない。それで以下速成法をお話する。

(1)　一日中五七五調で物を言いかつ書くこと

定型は私達には馴染みやすい言葉の調子である。定型にもいろいろなリズムがあり、時に破調

などもあって、一律には言いがたいけれども、最初はまず正調子の五七五を自然と習得することがのぞましい。これを続けて実行している中に、俳句は五七五でなければいけないという、固苦しい約束の一つは完全に忘れ去ることが出来る。

(2)　一日に五句以上を作り毎日続けること

もらった兼題でも、歳時記を見ながらでも、また一日を振返っての日記ぶりでもよい。嘱目で写生が出来れば一層よい。ともかくそれが俳句になっていようといまいと、一日五句以上を句帖に記してみることである。出来ればそれをよい先輩に見せて批評を乞う。もし毎日見てもらうことが出来なければ、前日作った句を翌日もう一度自分で見てみることである。前の日はそれでよかった作品が、翌日見るとまことに陳腐であったり、一向に意味が通らなかったりすることに気がつくであろう。そういう毎日の自己反省が、理解と上達との急速な手がかりとなる。

(3)　歳時記を読物として読むこと

三年も五年も俳句を作っていて、いつも句会の時に歳時記と首っ引の人を見ると、いかにも歯痒い感じがするが、初学の中は歳時記を読物として、何度でも読んでみるのが上達の早道である。一年に一通り目を通すというのではなくて、春の中《うち》に夏も秋も新年もみんな読む。そして何回も読んで憶えるのである。季題の解説を理解し、例句をそらんじる。また季節感の解説を俳句を通じて、美しい文章で綴ってある歳時記などもあって、歳時記を読むということは楽しい。このことをしっかり実行すれば、季語を詠み込まねばならないという俳句の、もう一つの苦しい約束を忘れ去ることが出来る。そして俳句会へは歳時記を携行する必要がなくなる。

(4)　新刊の俳句雑誌を読むこと

歳時記を読むことは、一口に言えば俳句の古典のダイジェストを読むようなものである。約束を憶え型を覚えるためには、古典は一番大切である。しかし私達は今の俳句を作らなければ、作家としての意味がない。そのためには出来るだけ多くの現在の俳句、それも出来るだけよい句を読む。とりあえずは所属結社誌の雑詠、選集、主宰詠など。また結社に師系誌があれば、その同じ欄に目を通す。一句も落さず隅から隅まで目を通すのである。初学の間にそのように努力して学んだことは、私達が小学校や中学校で学んだことが、年とってなおはっきり記憶に残っているように、その人の血となり肉となって、恐らく俳句作者としての生涯に大きな影響を及ぼすであろう。ただ現在の句とは言っても初学の間は異なる結社の雑誌、新興的俳句雑誌等には目をふれない方が無難である。それらは十分俳句が理解出来、自らの基礎が出来、しっかりした批判力が養えてからにするべきである。

(5) 一週二回程度俳句会に出席すること

独りで俳句を作っているのを独学とすれば、俳句会に常に出席して勉強するのは、学校へ行って勉強するのに匹敵する。あるいは研究室に入って研究をするといった感じにも似ているかも知れない。ここでは季題を中心として、主宰者の指導の下に種々な方向から俳句の研鑽を重ねることが出来る。その中の一人として季題の深く新しい掘下げを行いながら、他の人々の業績をつぶさに見て参考とする。一人の主宰者の押し進めようとする道は、自ずから一定の方向と拡がりを持っており、門下はその中にあって、ともに前人未到の境地を開拓しようとするのである。

俳句会に出席することの良さは、自らの作品いわば研究成果を、人々に認めてもらうことの他に、主宰によって自分の歩むべき方向の誤りを常に是正して貰うことが出来、また他人の作品に心を傾けて、その成果を批判し、その批判力に誤りがなくなるよう勉強を積むことが出来ることであろう。また主宰の作品や先輩の作品を通じて、新しい話題を把みとり、自らの研究を一歩進めることも出来るし、新しい研究方法を教えて貰うことも出来る。

従って俳句会に入選欲ばかりで出席するのは愚かであって、入選は入選として多いほどよろしいけれども、いわゆる選句という大きな別の仕事があって、この選句を通じて、俳句の勉強をしにゆくのであるということを忘れてはならない。

(6) 少なくとも二、三人の俳友を持つこと

以上述べたような事柄は、まことに簡単で、誰にでも出来る、つまらないことのように見えるであろうけれど、少なくとも二、三年の間一貫してこれを実行することは、よほど意志が強固であり、環境にも恵まれ、またある程度の素質を持っている人でなければ完遂しにくいことであろう。殊に一人でこれを実行することは常人にはほとんど不可能にも近いから、はじめはよく心の合った二、三人の友人と助け合って進むことが出来れば、その苦しみは半減され喜びは倍加される。是非同時に始めた心の合った俳友が欲しいものである。

6 季題見て歩き

季題の中には、時候とか天文のように、季節感に溢れておりながら、実際に作句するとなると、なかなかその本質が捉えにくくて作りにくいものと、人事のように、その対象をよく見るだけで、何とか一句にまとまってしまうものがある。初学の中はその初々しい感覚で、出来るだけ季節感の追窮をするのが望ましいのであるが、それとは別に、目に見える季題を見て歩いて、躊躇なく作品をまとめる練習をすることは大いに必要である。いろいろな祭や、季節季節の古くから伝わる行事など見て歩くことは、俳句作者でなくとも楽しいことであろうが、俳句の眼を通して見る

それらの風物は、また一段と深みのある捉え方が出来て楽しいものである。四季の動物や植物に親しむと共に、是非この季題見て歩きをおすすめしたいものである。

7　俳句に用いる言葉

われわれの俳句は平明ということを貴ぶ。平明にして余韻のある句を大切にする。これは読んで素直に判る句であって、読んだ後で心にゆたかなひろがりをもたらすような、味の深い句のことである。立派な言葉を使ってあるけれども、一向人に判らない俳句や、いろいろ盛りだくさんに述べてあっても、読後のひろがりが少しもない句もあって、そういう作品にはわれわれは心を惹かれない。平明な俳句を作るためには、まず判りやすい言葉を使うことが大切である。また十七音という短い形の中に収容するために、なるべく締まりのある言葉を使わなければならない。同じ意味の言葉が仮りにいくつもあったとして、まず、なるべく短い言葉を使うことが普通には有利であろう。また出来るだけ格調の高い言葉、即ち調べが高くて上品な言葉を用いて、人の心にしっかりと食い込むことは最も大切なことである。同じようにまた古くから詩歌に使いこなされて来たような言葉も、調べが高く、余韻があって巧みに使えば大へん有効である。

このような理由から、私どもの俳句は現代語の文語体を以て叙することを常とする。五七五調の本当のよさは、緊迫した文語体を以てしなければ十分発揮し得ないものであり、余韻の深さもまた文語体に負うところが多い。逆に言えば、私どもは五七五調の文語体に俳句としての魅力を感じておるとも言えるのである。口語体も用いて悪いということはないが、口語体はいかにも口数が多く、一般に締まりのない文体であって、鑑賞に値する作品を生みにくいと思う。また古語を用いても差支えない。一時古語を使用する俳句が、大へんな勢いで流行した時代もあったけれども、いまでは余り目につかなくなった。いろいろな試みがなされ、いろいろの成果が生れ、それらの積み重ねの上に現代の俳句が構成されている。それが先にも申し上げたように、現代の言葉を駆使した文語体の俳句なのである。

従って仮名遣いは、文語文と同じように、旧仮名遣いを用いる。新しく俳句をはじめる若い世代の人々にとって、古文と同じ旧仮名遣いは多分に億劫なことと思うけれども、新仮名遣いで十七音の文語体を書いてみると、見た目にすっかり緊迫感がなくなってしまって、いかにも新仮名遣いの弱さを露呈する。このことは時代の違いで、大方を新仮名遣いで過す現代の若い人々には、初めから理解しにくいことであるかも知れない。けれども、短詩としての俳句には、読むという音感に訴える鑑賞の他に、見るという視覚に訴える鑑賞の仕方があって、新仮名遣いでは見た目に俳句の威儀が整わないとも言えるのである。是非旧仮名遣いを使いこなせるように勉強しなければならない。

8　俳句独特の言葉

俳句を作らない人や俳句に志して間もない人が、俳句には俳句独特の言葉があって難しいということをいう。しかしよく考えて見ると、そんなに判りにくい言葉はないはずであって、もし読んで読みにくく、言おうとするところが、すっきりと人の心に入って来ないような俳句は、実際は、難しいというよりも、まず俳句らしからぬものというべきであろう。一般に俳句が難しいと感ぜられるのは、第一に俳句における季語に難解なものがあること、また季語の読み方の難しいもの、また季語の季感が初学の人々にはっきりと把握出来ないことなどが直接の原因であり、次には十七音にまとめるために、いろいろと表現上の工夫がしてあることが、俳句に馴染少ない人には判りにくいのであろう。

結局、強いて俳句独特の言葉というならば、その大部分が季語であって、季語と、季語の背景をなす自然とが十分に理解出来れば、ほとんどどんな句でもおよその納得はゆくものである。中にはそれらの季語を説明し補足するための、少し古めかしく難解な言葉が使われたりすることもあるけれども、これらは決して俳句独特の言葉ではなくて、一般の文章にもいくらでも使われている言葉であって、文章のように長い言い廻しの中では、難しい言葉がその前後の言葉の関係によって、自然に説明される結果、いかにも理解しやすいように錯覚されるのである。俳句では言葉数が少ないゆえに、そのような言葉が突然飛び出して来て、ほんとうにその言葉をしっかり理解していないと、判りにくさが倍加される結果になる。そのような難しい言葉はすぐ辞書を引くなり、人に尋ねるなりして、しっかりと憶え込んでおく。

また、言葉そのものではないけれども、俳句独特の言葉の並べ方、物の言い廻し方、言葉の省略の仕方などは確かにあって、俳句独特の表現法を形作っている。これを会得するには、いろいろ理屈をいうよりも、出来るだけ俳句に馴染み、自然に体得してしまうことが大切である。

また、俳句独特の姿として、「や」「かな」「けり」というような切字――俳句の中で調子を一旦強く切断する言葉――や「て、に、を、は」などの助詞は特に大きな働きをするので、それらの役割をよく了解しなければならない。切字には他にも「つ」「ぬ」「ぞ」「ず」「よ」「らん」「せり」「をり」などいくらもある。やはり俳句独特の言葉として、最初の間は馴染みにくい言葉であろう。

9　題材の発見

俳句を作るに当って、まず当面することは何を詠むべきかということ、続いていかに詠むべきかということである。その中でも作品のよさを確定づける大部分の要素は、題材そのもののよさにあって、まず材料八分、表現二分といっても過言ではあるまい。材料がなくとも表現の上手さで十分に鑑賞に耐える作品もあるけれども、そのような作品と、表現は荒削りであっても、新鮮で見所のある題材を詠んだ作品とを比べると、どうしても後者の方により心を惹かれる。材料に対する感動の方が、表現に対する感動よりも確かに大きいのである。つまり、自然に対するわれわれの心の感動が、材料発見の因をなすのであって、表現の方は、その感動をいかに人に伝えるかという、方便に過ぎないとも言えるのである。

題材を発見する過程に二通りある。一つは、季題である自然とか人事とかと取り組んで、じっとそれに目を凝らしていると、おのずからその季題の一つの姿に心が動くことがある。その心を動かされた季題の一つの在り方が即ち一つの材料となるのである。この場合には必ず季題そのものが題材を提供することになるので、作品は完全に季題を主題として出来上る。また特に季題について考えるということをしないで、目に触れたもので俳句を作るときがある。頭から兼題とか席題とかを考えに入れていないのでうっかりすると無季の句を作ってしまうようなときである。このような時には、まま作品のテーマは別のところにあって、ただその補助的な役割として季題が入り込んで来る。

風 吹 い て 蝶 々 迅 く 飛 び に け り　　　素 十

などは季題の蝶が主題となっており、

泣いてゆく向ふに母や春の風　汀女

などは、泣いてゆく子が主題になっており、季題の春の風は主題の陰にあると言えるであろう。

　またこれを言いかえれば、一は季題を直接に叙する方法であり、他は季題を間接に叙する方法である。俳句が季題そのものを追究する文芸であるとすれば、この直接的であるか、間接的であるかは、実はあまり重要な事柄ではなくて、そのいずれの叙し方によっても、要は季題の感じが十分緻密に表現されておればよいということである。ただ先にも述べた通り、二た通りの題材の把握の仕方については、いずれにも得失があって、初学の頃からこのいずれをも習得することが大切である。

　最後に題材をいかにして発見するかということについて少し考えてみよう。作品というものは、誰にも容易に鑑賞が出来、また容易に共感を呼ぶものでなければならない。しかも何か作者の個性から出発し、時代の動きに従った新鮮な発見を伴うものでなければならない。従って俳句の題材というものは、読者――大方は読者即ち作者群であるが――と共通の場で発見されることが好ましい。つまりあまり人と次元の異なった場で発見された題材は共感を呼ばないのである。また毎日毎日の自然の変化に心を傾け、同時に日日《にちにち》の自らの心の移り変りを物の見方の土台として、それらの対象に立ち向わねばならない。同じ対象を見ても、昨日と今日とでは一日の時間の差があって、対象そのものも、それをとりまく背景も確かに同じものではない。その上に、昨日の自分と今日の自分とでは、多分心の持方、物の見方の上にも大きな変化があるものなのだ。気分のいいときと悪いときとでも、対象の把握の仕方に根本的な差がある。そのような綾なすいろいろの要素の上に立って、その日その時の心に感動を呼んだ対象を題材として取り上げるのである。確かにそういう研ぎ澄まされた心持で対象を見ていると、ハッとするような感動で物の姿が見えて来ることがある。この刹那が俳句を作る楽しみの中で、最も大きいものなのである。この季題ならばこのような感じで詠めばよかろうと、予め心に定めておいて物を見たりするのは、全く愚かなことであって、先人の研究成果は一応あまねく勉強の上で、実作の時にはそれらの感じをすっかり忘れてしまった、全く白紙の心持で対象に向わなければならない。

10　表現上の二、三の注意

作句に馴れて来ると、題材が発見出来ると同時に、よかれあしかれ一とまずそれが俳句の形となってまとまるのが普通である。この最初に俳句となった形は、——これをいわゆる初案と言ってしまってよいかどうかは疑問であるが——比較的作者の感動が素直に出ていて、細かいところは推敲しても、余り大きく手を加えない方がよいことが多い。しかし一応句会が終って選を受けたあとでも、よかった作品には益々磨きをかけ、うまく纏まらなかった作品でも、なお推敲するのは当然のことであって、作り放しというのはまことに勿体ないことである。ともあれ、作句に当っていろいろ考案するとしても、あとで推敲に心を砕くとしても、自らの心の感動をいかに余すところなく、十七音で相手に伝えるかということが、俳句表現上の難しさであり、従ってまた測り知れない面白さなのである。この章ではそのような表現上の二、三の注意に触れてみたい。

(1) 饒舌を慎むこと

俳句は十七字——形の上からは平仮名ばかりを用いるわけではないので、厳密には十七音というべきであろうが——であるから、饒舌にしようと思っても出来ないであろうと思うのは間違いである。人に自分の思うところを伝えて理解させるのに、心ゆくまで言葉を尽して述べられれば仕合せである。あるいはまた簡単明瞭に要点のみを強調して、相手に自分の心を汲み取らせることが出来ればなお仕合せというものである。俳句の表現では必ずこの第二の方法をとる。十七字と決ってはいるけれども、その中でも最も簡単で直截的な方法をとる。十七字の中で出来るだけ寡黙を守るのである。

作品の中には、描こうとする一つの中心がなくてはならない。あるいは一つのテーマと言ってもよい。そして私達が常に心に銘じて置かねばならないことは、十七音しか使えない俳句では、二つ以上のテーマについて作品をまとめることはほとんど不可能であるということである。従って十七字はすべてその一つの中心を支えるべく使用されなければならないのであって、少なくともその中心から外れる方向に使用されてはならない。饒舌を慎むということの第一はこのことであって、十七音中のいくつかの言葉が、まさにとりとめのないことに使用されていることがままある。これはただ勿体ないというばかりでなく、一句の描こうとするところを混沌とさせてしまう恐れがある。次にまた、その中心から外れる方向に使用されていない言葉であっても、すこぶる回りくどい言葉や、難解な言葉、こなれない言葉、たどたどしい言葉などがあって、表現として甚しく饒舌となることがある。これが第二の場合であって、このような言葉は出来るだけ推敲し、寡黙な言葉、一言にして事の真髄を衝くような言葉と置きかえる必要がある。そしてもし十七字が余れば、余ったところを空白のまま残すのである。空白――あるいは余白――として残す言葉は、そのときそのときの作品の調子でいろいろあるけれど、例えば、「かな」「けり」「をり」「たり」などの切字もそうであるし、また中七でも、引き伸して使える言葉はたくさんある。

このように、最も描写に必要な要所を衝いて、寡黙な表現をとられると、読者はあたかも禅の問答におけるように、作品の中から種々の風景を想像し、余情を汲みとろうとして、いよいよその作品に心を傾けざるを得なくなるものである。もっともその描こうとする中心が、読者の共感を呼ばぬものであれば致し方もないが、それにしても言い過ぎるよりは言い足りない方が、確かに作品を高度のものとするのは事実である。饒舌を戒める所以である。

(2)　クローズアップ

描こうとする中心に、最も的確に近づくための一つの方法としては、写真で接写法があるのと全く同じように、その中心のみに焦点を合せて、拡大するという方法がある。またこれは先項で述べた饒舌を慎む方法の一つとしても、まことに有効な描写法である。例えば、

涅槃圖に侍れるときも鴛鴦の沓　夜半

では、十七字の全てが、涅槃図の中の一か所、即ち鴛鴦の沓に焦点を合わすように詠い上げられている。はじめに涅槃図があって、次第に鴛鴦に焦点が合い、最後にその鴛鴦の沓（おしどり夫婦）が拡大されたという感じがする。寡黙というよりは、あるいは十分に言うべきことが言い尽されたといった心地もするが、読者の目前にクローズアップされた沓は的確であって、もはやその他の何物も目に映らないのである。

啓蟄の土へあてゐる鶴の嘴　松永謂水

などもやはりこれと同じ技法である。はじめに鶴の姿があって、次第にその嘴がクローズアップされているのである。

嘗て草の芽俳句などと騒がれた、

甘草の芽のとびとびのひとならび　素十

なども、私はこの句のクローズアップ的な写生法が面白いと思う。

⑶　削り取ること

接写というような、対象の一か所を均等に拡大する写し取り方とは違うけれども、描こうとする対象のすべてを一度写し取り、これを推敲するに当って、私どもは削り取るという操作を行う。削りとるというのはあたかも彫刻家が、鑿を揮って次々と不用の部分を削り取って、次第に真実に近いものに仕上げてゆくように、素材の不用なところを削り取ってゆくことをいう。作品の中の不用な肉を削り取って、必要欠くべからざるところだけを残してゆくことである。

十七文字の俳句というのは、文章や、詩や和歌や、他のいずれの文芸と比べてみても、すでに十分不用の部分の削り去られた文芸といえる。だが、我々はその上になお、自らの作品を自らの手で削り取る。削り取れば削り取るだけ一段と作品が生きてくるのである。

流れ行く大根の葉の早さかな　　虚子

などに見る作品の緊迫感は、実に何もかもを削り捨ててしまって、これ以上のものは削れないという、ぎりぎりのところまで切りつめたところから生れたものであろう。惜しく思えるくらいに大胆に無駄なところを削り取ってゆくことが、作品を見事に浮き彫りにする結果になる。

一定の分量、それもぎりぎりの分量で対象を描き上げなければならないのであるから、不用なところを削り去れば、当然必要なところを浮び上がらせることになる。このことは大へん大切なことで、推敲に当って、常に心掛けていなければならない。

(4) 省略

この句は省略が利いた句であるとよく言う。これはその句が表現の上で、巧みに不用な言葉を省略してあって、言葉が省かれてしまっているにも拘らず、言いたい事柄が読者に十分に伝わるように仕上っているときに言う。前項では、描こうとする対象そのものを削ることについて述べたが、省略というのは、その対象の整理がはっきりとついた後、なお表現上の簡略化を行うことを言う。この二つのことは、一見同じ方向に仕事を進めているようにも見えるけれども、考え方によっては逆の方向の操作をしているようにも受け取れる。例えば上手に省略の効いた言葉を用いて、あるいは巧みに重なりあったような意味合いの表現を整理して、十七字で何十字分かの表現が出来たとする。せっかく描こうとする対象を単純化して行こうとしているのに、表現を省略することによって、多くの事が言えるということになると、何かしら逆の操作をしているような錯覚に陥る。しかしこれは飽くまで錯覚であって、この二つの仕事はどちらも、作品そのものの単純化の同一方向に向って行われていなければならないのである。素材の不必要な部分を削りとって、必要なところを浮び上らせるように、表現上の不用なところを省略することによって、言葉では述べないけれども、素材の必要な部分で読者に伝わる部分——余情というような部分——を多くする。しかもそれが単純化の同一方向に向って行われて、はじめて作品として強い迫力を持つものが出来上るのである。

負はれゐる子の捕蟲網夫人持つ　　桐谷　杜雨

この句では、子を背負っている父――あるいは誰か――が、素材的に削りとられている。表現上では、「負はれゐる」という言葉と、人的つながりを表わす夫人という何げない言葉で、それが省略されていて、単純化の方向は、一本の捕虫網に向ってなされておりながら、全体の景色が目に入るように仕組まれていて巧みなのである。

11　愛誦される俳句

私どもは自分でも日に何句となく句を作り、また他の多くの作者の作品――けだし数限りない作品――に日々接している。しかもそのほとんどの作品は、自らのものも含めて詠み捨てにし、読み捨てにしてしまう。たとえその時かなり大きな感銘を覚えた作品であっても、ものの十日も経ち、一月も経つとただの十七字がなかなかすらすらと思い出せない。自分の作品にしても半年も経てば、大ていは忘れてしまい、極く稀にしか記憶していないものである。長く世に遺り、広く人々の口の端に上せられる作品というのが、どれほど立派なものでなければならないか、思い半ばに過ぎるものがある。

私たちは稽古のつもりで、毎日出来るだけたくさんの俳句を作るように努めているけれども、また俳句は生活のつぶやき、日々の記録というような、気易い心持で数多く身辺の写生をするのであるけれども、だからといって詠んで捨ててしまうような作品がいくら出来ても、実に不本意なことであろう。自分でも愛誦し、人にも愛誦されるような、そして出来るだけ永く愛誦されるような作品を作りたいものである。何かの機会に出会って忘れられないというような作品が、自分でも出来ればいかに嬉しいことであろうか。

忘れられない句というのは、まず季題に対して印象の鮮明な、しかも叙してある事柄が季題に対して本質的なものでなければならないと思う。季感の明瞭なことは、季語の働きに助けられて大へん記憶しやすいし、その上、季語の本質に触れたような作品は、我々日本人にとって忘れようと思っても忘れることの出来ないものである。例えば、

戻れば春水の心あともどり　立子
大試験山の如くに控へたり　虚子
天日のうつりて暗し蝌蚪の水　同
瀧の上に水現れて落ちにけり　夜半
金魚玉天神祭映りそむ　同

というように、その種の句はいくらも数えることは出来る。が、季題の本質に没入して作品が出

来上るということは大へん難しく、ぼんやり物を見ていては、なかなか出来ないことである。

また、人々に憶えられ愛誦される作品というのは、言葉がやさしくて表現が滑らかであって、いわゆる舌頭に千転して見て、障りを感じないものでなければならない。最近の新しい傾向の俳句と称して発表されている前衛的な作品には、短文とか短詩として読んでみて興味あるものがたまにはある。だがとても、すらすらと口を衝いて出る態のものでなく、十年百年の後まで自然に人々に愛誦される、いわゆる俳句とは随分かけ離れたもののように思う。短歌でも、また古い民謡などでも、一つの言葉が出ると、次々と自然に次の言葉が湧いて出て、いつの間にかすっかり憶えているようなものがある。俳句などの本当の姿というのも、そのようなものでなければならないのではないかと思う。忘れられない愛誦される俳句を作る方向へ、なるべく近付きたいものである。

12　物の見方

吟行などに行って、同じ題材を前にして写生をするようなときに、同じ作品が出来るかと言えば、決してそうではない。大へん際立った対象を前にして、似たような力倆の作家が作ると、稀に一字も違わない作品が出来ることがある。だが大ていの場合は、やはり一人一人の見方が異なっている上に、表現の上にもいくらかの力の差や、好みの違いがあって、出来上った作品は多かれ少なかれ形の異なったものとなるのが普通である。この同じ対象を見ても、他人と異なった見方が出来ること、また万一同じような見方しか出来なくても、人と異った描き方が出来ることは、作家としての重要な条件であるから、初心の間から十分このことに心を傾けなければならない。

俳句はあるがままの対象を、あるがままに写し取って、決して不用な主観を挿しはさまない様にというのが、俳句勉強の第一番の戒律になっている。だが、その対象を見る目、またそれを写しとる技法のうしろには、常に作者の作家としての心が存在しておって、本当はその心が十分に活躍しなければ、自然を把み自然を描くなどということは到底覚束ない。この意味では全く私たちは主観でもって勝負しなければならないのである。ただその主観をあからさまにせずに、飽くまでも客観的に描き上げるところに、俳句の面白さというものが存在する。俳句がこのやや面倒な規制の埒外に出てしまうと、全くとりとめのない混乱を起して、それこそ収拾のつかないことになってしまう。

病葉や大地に何の病ある　虚子
無用の書紙魚食ひあきて死ぬるらむ　同
父老健に喜雨又到る安んぜよ　同
人形の宿禰はいづこ祭舟　夜半

いつの世に習うて蘆を刈る人ぞ　同

というような句では、もうほとんど遠慮なく作者の心の在り方が述べられているけれども、それらの句はすべて心持を述べて、そこから逆に景色が彷彿として来るところに、救われるところがある。もし作者の心持を単に述べただけであって、読者の心に共感をもって拡がってくる景色がなければ、もはや何の興味も誘わないものとなるであろう。私たちは、まだ未熟であって、心そのものの修練が出来ていないために、この辺りまでの俳句を作ることは、まだまだ少し危険であると思う。また、

炎帝の威の衰に水を打つ　虚子

踊うた我世のことぞうたはるゝ　同

虎杖の花月光につめたしや　青邨

というような作品では、発想や表現にまだかなりの心持が滲み出ているけれど、一応客観描写の範疇に入れることが出来る。まずある程度真似をして心持の訓練をしてもよろしいかと思う。

ともあれ、何を見ても、自分自身の見方考え方が出来る訓練は、大いにしなければならない。

13　非情な句

虚子編歳時記の流燈の項に、

流燈に下りくる霧の見ゆるかな　　素十

という句があり、また、

水に置けば浪たゝみ来る燈籠かな　　虚子

という句がある。いずれの句も水に置かれた燈籠を詠んで、流燈の感じのいかにもぴたりと定まった作品である。一方は燈籠の明りに、川面に下りて来る夜霧の見られることが描かれてあり、一方は水に置かれた燈籠にすぐにも浪がたたんで来ることが描かれている。似たような景色でありながら、この二つの作品を読み較べて感ずることは、同じように客観的に描写されておりながらも、前句の方がより非情であるということである。燈籠に霧が下りるということと、浪がたたむということとは、趣と景色とはやや異なるけれども、素材としてそれほど本質的な違いがない。にもかかわらず、後句では作者の燈籠に寄せる心持が何となく句の表面に漂うのに反して、前句では流燈は作者の心から遠くつき放された感じがする。本当は流燈にも霧にも、作者の心は強く動いているのであるが、それが句の表面では、憎々しいまでに突き放されて、それ自身あるがままの姿に放り出されているのである。どちらの行き方がよろしいかは論外であるが、主観的色彩の濃い作家からは、情緒的な作品が生れるのであろうし、客観的色彩の濃い作家からは、非情な句が生れるのであろう。

俳句は素材の把握の裏に、しっかりと作者の主観がひそんでおれば、非情なまでに客観描写に徹することによって、かえって作品を純粋に高度なものとすることが出来る。思わせぶりな嫌みというものが全然影を消して、ただ沈潜した面白さが見出せる。

打水や萩より落ちし子かまきり　素十
瀧の上に水現れて落ちにけり　夜半
夏山と溶岩の色とはわかれけり　左右

などの句も、やはり非情に徹して描かれたところが面白いのであろう。

14　品のよい俳句

以前に品格ということについて、俳誌「諷詠」の「雑詠ノート」で述べたことがあるが、綺麗ごとばかりを詠むということではなく、どんな対象を詠んでも、作者自身の品格が作品に滲み出ているような、品のよい俳句を作ることが望ましい。物の感じ方にしても、また感じたことの詠い上げ方にしても、品格ということになると、人間の奥深くから自然と出て来るものであって、ここまで来ると、事はもはや俳句以前のものであるかも知れぬ。常に厳しく自らの修養につとめなければ、このことは難しい。裸を詠んだ句に、

伸びる肉ちゞまる肉や稼ぐ裸　草田男
高原の裸身青垣山よ見よ　誓子
闇なれば衣まとふ間の裸かな　虚子

というのがある。

第一句は労働者の裸、第二句は青年の裸、第三句は女の裸である。それぞれに趣が違っていて、第一句は逞しく、第二句は清潔に、第三句は楚々とした艶やかさがある。いずれも人口に膾炙した句であり、作者の人となりがはっきり作品の表面に出ている句である。労働者を詠んだから、青年を詠んだから、どれが品がよくてどれが品が悪いと頭から定めてかかることはよろしくない。私どもは対象を選り好みし、避けて通ることも出来ないではないけれども、時に労働者を詠み、時に青年を詠み、時に女を詠まなければならないこともある。労働者を詠むときは労働者らしく、青年は青年らしく、女は女らしく詠まねばならない。今ここに上げた三句などは、対象は全く異なるが、それぞれに品のよい句になっているのは、けだし作者の人柄と力倆とによるものであろ

う。ただ普通には、労働者を詠むよりも青年を詠む方が、品のよい作品になりやすいし、女を詠むにしても、上品な女性を詠む方が、上品でない女性を対象とするよりも、品よく詠い上げられやすい。初心の間はやはり出来るだけ対象を選び、表現の方法を選ぶべきである。

また自然を諷詠する方が、人事を諷詠するよりは、難なく品位のある作品が出来るのは当然であるが、作品にはやはり面白さとか新しさとか、いろいろ別に欲しい要素があるので、花を鳥を、ばかり写生しておるわけにもゆかない。遊女を詠んでも、

ひとつ家に遊女も寝たり萩と月　芭蕉

の句のように、また廓を詠んでも、

たなばたの天横たはる廓かな　夜半

という句のようになると、人事の俗情が、自然の美しさに置きかえられ、あるいは自然の美しさを強調する結果となって、作品の品位を高めている。学ぶべきである。

15　大胆な句を作る

俳句を作るときに、初心の間は季語の勉強が主となって、古くから積み重ね研究されて来た季

語の感じを大切にする余り、ややともすると古い季題趣味の姑息な作品を作りやすい。だがこれは上達の妨げにもなり、俳句に対する興味を減殺することにもなるので、出来るだけ大胆に作ることが大切である。先人のあとはあととして、自ら新しく季題の感じを切り拓いてゆくくらいの勇気と自負を以て、新鮮に大胆に作ることが望ましい。対象もなるべく新しく近代的な感覚のものがよい。表現の方法も、言葉もやはり新しい時代のものがよいと思う。物の見方や感じ方も思いきり大胆にしてみることである。その辺から一つの道が開けてくると思う。例えば、

秋暑き汽車に必死の子守唄　汀女
キャンプ寝て太白西に落ちゆけり　誓子
胸の汗カンテラの灯に鏡なす　青邨
扇風機吹き瓶の花燎乱す　虚子

というような句は、描き方が思い切りよく、慎重な考慮が払われている上に、大胆な言葉を使って成功している。また、

天の川の下に天智天皇と臣虚子と　虚子
妻二ヶ夜あらず二ヶ夜の天の川　草田男
キャンプ去りキャンプ来りぬ夫病むに　波津女

というような作品になると、心持を大胆すぎるほど大胆に述べて、面白い句になっている。これらの句になって来ると、前にも述べたように、主観が少々露わになってしまうので、作者の心が十分に洗練された状態で表現されなければならない。また、

泳ぎ女の葛隠るまで羞ひぬ　不器男
芋蟲に命細りし女かな　虚子
子は唄ふ母の白足袋光るとき　草田男

というような作品になると、作者の感じ方がすこぶる大胆であり、それがまた対象にぴったりと適っていて小ゆるぎもしない。また、時が経てば次第に古色蒼然となって来るにしても、その時その時で、大胆に新しい対象と取り組むことも大切なことである。例えば古い作品であるが、

いなづまの花櫛に憑く舞子かな　夜半
牡蠣舟へ下りる客追ひ廓者　同
寶恵駕の髷がつくりと下り立ちぬ　同

というような句などは、それが作られたころの素材としては、誰もが手がけていないすこぶる大胆で新しいものであったと思う。現在でも、まだ人の手にかからない題材は多分たくさんあることであろう。要はそれに立ち向う作者の気魄が、あるかないかということである。

いずれにしても初学の間は、何につけても懼れがちであるが、常に謙虚な心持を失わず、しかも出来るだけ大胆に、——大胆に振舞えるのは実は初学の間だけなのである——振舞うように心掛けることが大切である。

16　リズム

俳句は五七五調ということになっているが、実際に五七五と言っても、も少し細かく考えると、十七音がすこぶる多くのリズムに分類されることが判る。また素直に五七五と区切れない破調のものもあり、若干の字余りのものもある。詳しく述べれば面白いと思うけれども、一口に言えばその素材の種類により、また作者の心持により、最も適当な形をとらなければならない。例えば、

蛙の目越えて漣又さゞなみ　　茅舎

という句では、下五が字余りになっているが、蛙の目の上を、水が漣なして越えて来る様子が、何の説明もなく適確に描き上げられているのは、さざなみという言葉の繰返しと、一句のリズムとからである。土居光知氏の理論によって、この句を少し細かく切ってみると、

2	2	1	2	1	2	2	2	2	2
かは	づの	め	こえ	て	さざ	なみ	また	さざ	なみ

となって、中七以下二音でつづく語が五回も繰り返されているのは注目に値する。また例えば、

みちのくの伊達の郡の春田かな　風生

という句では、五七五調は守られているけれども、四つの「の」の繰返しと、やはり次のようなゆったりとして迫らないリズムから、よく春田の感じが出ているように思う。

|2|2|1|2|1|2|2|2|1|2
|みち|のく|の|だて|の|こほ|りの|はる|た|かな

この句でも幾つかの二音を次々と「の」でつないでいるところ、俳句のリズムの一つの型のように思われる。また、

へろへろと走馬燈の游魚かな　夜半

でも、へろへろという言葉の面白さは別として、

|2‖2‖1‖2‖1|2|2‖2‖1|2
|へろ‖へろ‖と‖まは‖り|どう|ろの‖いう‖ぎよ|かな

上五から下五へかけての、二音一音の繰り返し（‖をつけたところ）が、三回もあって、読むときのアクセントも必ず上の二音の方にかかり、中七の「ろの」は二音であるが一音を二つ重ねてある。そのリズムがとりもなおさず、へろへろと游魚のまわる、走馬燈のリズムに似ているので、

面白いのであろう。

17　間ということ

娘が自動車の免状をもらったので、一緒に乗ってみてほしいという。すらすらと試験が通ったのが自慢なのである。一年間無事故でないと同乗しないとの初めの約束を破って、こわごわ仕方なしに乗せてもらう。なるほどそんなにぎくしゃくしないで走ることは走る。ものに擦れ擦れになったりしないで、曲ることは曲る。ところが乗っていて何となく手に汗を握るのである。

例えば信号のない国道を突き抜けるような場合、国道の手前で一旦停止、右と正面に注意して中央まで出て一旦停止、左と正面を注意して再び発進するというような簡単なことがなかなかすらすら行かない。右からも左からも前からも後からも、実に不規則に自動車が来、自転車が来、人が歩く。それらのどの相手とも調和のとれた、呼吸の合った動き方をしないと、自分勝手の動きでは事が処理し切れないのである。滑らかに止めようと思うと、停止線や前の自動車から離れ過ぎて止ってしまうし、ぎりぎり一杯に止まろうとすると急なショックが出たりする。

学校のコースというのは、いくら混んでいても、やはり静的なものであって、自分だけの調子で運転出来るのに反し、道路上ではすべてが動的であって、相手との関連がまず問題になる。一口に言って「間」がとりにくいのである。こちらの「間」が悪いと、相手も「間」が悪くなってよけいにまごついてしまう。急ぐところでは急ぎ、緩めるところでは緩め、相手のスピードや信号の変り具合に即応出来ないと、安全運転とは言えないのである。これは繰返し繰返し訓練して感得するほか仕方ないと思うけれども、運転のような技術には最も大切なことと思う。

そんなことを考えながら、父の家を往復して戻って、私は『虚子俳話』にも「間」についての一章があることを思い出した。そこには、

「間」といふ事は音楽で大切な事である。「間のいゝ謡」「間の悪い謡」といふ事は能役者の間で常に言はれてゐる。先年亡くなつた長唄の稀音家浄観氏も、
「間が一番ですよ、間といふ事が本当に分つてをれば大したものですよ。」と言つてゐた。
俳句にも亦た「間」といふものがある。厳密に言へば、俳句も一つのうたである。歌ふものである。活字をべつたり並べただけのものではない。仮令口には出さなくとも心の中では朗詠するのである。その朗詠する時には自ら「間」がある。その間によつて滑らかな十七音となつて諷詠される。芭蕉以来今日まで人口に膾炙する句は多くは間のいゝ句である。

――以下略――

というように述べられていて、このあと「間」のいい俳句を忘れてはならないと結ばれている。間というのは間合のことで、物と物の間にも、時と時の間にも用いられる。ここに虚子先生が

言っておられる、音楽や謡などの「間」は、主として時間的な調子のよさのことであろう。この他にも、能や舞踏における、形や姿の変化の間合や、絵画や書などにおける配列の空間的間合などいろいろの間がある。この間ということが上手く運んでいないと、完全な芸とは言いがたいのであって、何とかしてこれを身体でじかに感じ取れるまでに勉強したいものである。

遠山に日の當りたる枯野かな　虚子
我庭や冬日健康冬木健康　同

など虚子先生の作品には、日本の伝統芸術における間の取方の見事さが、そのままに活かされていて、一読忘れ得ない句となってしまうものが多い。殊に読み上げてみて、その言葉の調子に、うまく間のとれているのと同時に、読んで行って頭の中に展開してゆく景色にも、しっかりと間が保たれていて美しいことに気がつく。第一句の枯野と冬日の当っている遠山との間合、また第二句の冬日と冬木との関り合いにおける間合など、ただ、句の調子だけでなく、作者の心持を通じて、景色として間をもって美しく読者に伝わって来るのである。画き方の間とでも言うものであろうか。

「や」「かな」のような大休止である切字や、連用形止め、助詞止め、名詞止めなどの種々の小休止、中休止などの切字は、間をもたせるに好都合な言葉である。また言葉と言葉を接ぐ、「の」の字なども、適当な間を持たせる言葉になることがある。

涼しやと思ひ涼しと思ひけり　　夜半

という句では、

涼しや□と□思ひ□涼し□と□思ひけり

と、□のところに「間」がもたせてあって、心の動き具合がこの「間」のために至極はっきりする。よく考えてみると、下五の「思ひけり」は一息に言ってあるようであるが、この「思ひ」と「けり」の間にも若干の休止があってもよいようにさえ思われる。この作品をよしとする人が多いとすれば、それはこの「間」の取方の見事さに心を惹かれていると見てもよろしいのではなかろうか。

前に掲げた、

牡蠣舟へ下りる客追ひ廓者　　夜半

の中七の「下りる客追ひ」の連用形止めのところなどは、間をもたせたことのはっきりしているところで、もしこれが連体形で「客追ふ」と下五へ続いてしまったとすると、その「間」がなくなってしまって、廓者の動作の読者への伝わり方がずっと稀薄になってしまう。舞や踊などの世界でも、初学の間はただずるずると曲にのって踊ったり舞ったりし勝ちであるが、上手ともなれば、間をもたせるところは持たせ、静と動の区別、また静と動との移り変りが、実に見事に運ばれて美しい。

芭蕉の句に、

枯枝に烏のとまりけり秋の暮　芭蕉

というのがあり、これははじめ、

枯枝に烏のとまりたるや秋の暮　芭蕉

であったのを、後になって「けり」に直されたものであるが、初案の方はただ「間」ということだけに限って考えてみても、少し「間」が伸びすぎていて、具合がよろしくない。字数が多いばかりでなく、「たるや」というような止め方は相当の大休止であって、芭蕉にしてなかなか使いにくかったというべきであろう。

18　造　語

新しい言葉を造り出すということは、この頃の若い人々のスラング等では次々と行われていて、テレビなどで、タレントの誰彼が造り出した言葉や表現が、あっという間に世間に広がっていて驚くことがある。だが、詩語として卑しくも出来ないような新語は、なかなか造り出せるものではなく、またそのような危険を冒そうとしてはならない。俳句は言葉数が少ないゆえに、別にそのようなことを意識しなくても、言葉を省略し過ぎて訳の判らぬ言葉になったり、意味はとれても到底詩語として認められない言葉が出て来たりする。

父の古い作品に、

道のべに牡丹散りてかくれなし　夜半

というのがあるが、句意は道端に立派な牡丹の花が崩れ散っていて、その散った花弁の一つ一つが大へん判然とあらわであるというのである。何の変哲もないことを詠んだ句でありながら、大へん格調の高い作品になっており、作者の牡丹に寄せる心の昂りまでが、しっかりと伝わって来るように思われるのは、この「かくれなし」という変った言葉のせいであろう。「道のべ」というのも、詩語としては品があって、穏やかなよい言葉であるが、そういう道端へ立派な牡丹を散らして、しかもそれを「かくれなし」と言いきったところ、崩れ散った牡丹の見事さがいかようにも想い描かれる心地がする。「かくれなし」は「隠れ無し」で形容詞、隠れたところがない、まぎれなく判然としているの意。現在私たちの使っている言葉からはやや縁遠い言葉だが、この句の作られた時代では、それほど珍しい言葉ではなかったろうと思う。ただこの句文節が二つに分かれていて、散りてまでは牡丹が主語、そのあとは作者が主語となっていて、際立つのだが少々馴染にくい。もし牡丹を主語に下五まで押し通すとすれば、「かくれなし」でなく「隠るるなし」とすべきであろう。でもこの句は「かくれなし」という耳馴れない言葉で、牡丹が一段と美しくなった。古い時代の造語で作者の造語ではないが、言葉で際立つことの一例である。

蕪村の牡丹を詠んだ句に、

牡丹散てうちかさなりぬ二三片　　蕪村

という句があるが、同じような趣でありながら、蕪村の句は華麗の中にも穏やかな終末が感ぜられ、夜半の句は豪華な激しさを伴っていて、散った牡丹の花がまだ何か意志をもって、追って来るような心地がする。言葉の魔術と言うべきであろう。

「諷詠」の雑詠に、

向日葵を河童かぶりの子供来る　　鈴木　素風

という作品があって、句評にも取り上げられていたが、この「河童かぶり」という巧妙な言葉は、多分今までに使われていない言葉ではないかと思われる。恐らく作者もふと口を衝いて出て、かえって驚いて使ってみた言葉ではなかったかと思う。対象のあまりにも奇想天外な姿に、にわかに河童に連想が及んで、全く写生的な境地から生れた新語と言えると思う。まことに巧妙である。

先頃の諷詠写生会で須磨寺へ行ったときの作品の中に、敦盛の首塚や首洗池を詠んだものが数多くあったけれども、首塚はよろしいとして、首洗池を首池と省略した句があった。字数の不足からついうっかりそういう風に詠み込まれがちであるが、首池では意味が通らない。また、よし判ったとしても詩語としての広がりが随分狭いものとなる。首級を洗うというところに、背景の面白さが出て来るのである。これは井戸水を井水《いみず》といい、雛の宿というに似せて枯木宿といったりする類で、造語というよりは不完全語であって、このように軽々しく言葉を用いてはならない。句会などでよく気をつけなければならないことである。

19　感じの露わな形容詞

俳句は余情を貴ぶので、露わに言い尽してしまうことは、出来るだけ避けねばならない。しかしながら作品が出来上るのは、実は作者が感動をもって対象を把握し得たからで、その感動は如実に、しかも緊密に読者に伝わらねばならぬ。

感動を表わす形容詞には、「うれし」「かなし」「たのし」「さびし」「いとし」「こひし」等いくらもあって、全て心の動きを露わに表わす言葉である。しかし前にも述べたように、俳句の表現は出来るだけ直接に感情を述べることを避けて、心の在り方を対象の描写を通して相手に伝えるという、少し廻りくどい方法をとる。ふさわしい言葉で、ふさわしい言い表わし方と調子で、間接的に伝達する方法をとる。そしてそれさえも出来るだけ控え目にすることによって、余情を持たせ、読者自身の連想によって一段と作者の感動に拡がりを持たせられるように仕向けるのである。従って先に掲げたような、感動を表わす形容詞などは、なるべく使わない方が無難である。作品が露わになり過ぎて、拡がりがないばかりでなく、読者に反感を抱かせることにもなり兼ねない。つまり感動を押しつけ過ぎるからである。歳時記の例句などを見ても、このような言葉を使用した句はほとんど見当らないことに気付くであろう。

試みに夜半句集『青き獅子』を繙いてみると、

寒燈の暗くしあるはいつくしき　夜半

つぎ去りし炭うつくしく火うつくしく　同

紅梅に今日の寒さのいぶかしく　同

花よりも鳥美しき秋扇　同

などのごく少しが見られるだけである。また「美し」という言葉を使った句は、他にも二、三句あるけれども、これは先に述べた自らの感動を伝える形容詞ではないが、やはりややそれに似た強い言葉で、用いる時はかなり周到な用意を要する。

20　互選

俳句会では会衆同士がお互いに選句をし合い、また選者の選を受ける。お互い同士でする選を互選と言って、大体出句数程度の選をする。選者は句数を適宜多くして選をし、選評をしたりする。

他人の句の選をすることは、自分の句を見るよりは、遥かに判断がつきやすいけれども、会衆にとって、先生、先輩、同輩、後輩の作品の入り乱れたものの中から、限定された句数を良しとして選び出すということはなかなか難しい。またそれが人々の面前で読み上げられることを考えると、実際は作句する以上に、立派な選をすることには神経が疲れる。厳密に言えば、人の作品の判断を下し得るということは、その人よりも力倆のある作家である必要があろう。俳句のように作家と批評家が同じ文芸では、これはどうにも致し方のないことである。このような見方からすれば、互選というものは、作者の側からはほとんど価値がなくて、選をする側から見て、作品鑑賞の練習をするためのものであるという、現在の一般的な考え方に同調するより致し方なくなってしまう。とすれば、選句をし作者を方向づけ指導するのは選者——すなわち先生——一人ということになり、選者の選を金科玉条として勉強に励むより致し方ないということである。とりわけ初学の間は他に心を惑わすことなく、一人の選者に傾倒して勉強するのが上達の早道であって望ましい。ただそのように傾倒出来る立派な選者に巡り会えるということはそれほど簡単ではない。先輩ともよく相談し、自らの好みがその選者の作風に合うように、ひとたび師事した上は二師に見《まみ》えることのないように、最初から慎重に考慮する必要がある。

互選も、初学の間は専ら自分の好みと、ささやかな勉強の範囲内での判断力を頼りにしているものであるが、次第に俳句の勉強に年季が入って来て、作者の個性が確立され始めると、自分の選に対してもぼつぼつ自信が出来、他の選に対しても批判力が出て来るものである。このような人々の集りになって来ると、互選を軽視して選者一辺倒という今の句会の運び方が、必ずしも満足なものであるかどうか、多少疑問が生れないでもない。選者を支えとすることの必要は当然のことながら、遠慮なく話し合い、批判し合い、研究し合う若干の自由があってもよいと思う。

選者という一人の師は、あくまで舵を取る人であって、漕ぎ手は実は個々の作家なのである。このことはよく考えねばならないと思う。俳句は難しい文芸なので、実は舵取がいないと方向を誤ることが非常に多い。しかしそうかと言って、いつも舵取に任せきりというのも意気地のないことに思われる。そのために、ないがしろにされている互選や相互評などをも、少し重視し、個々に自覚して励み得る雰囲気を作る必要があるのではなかろうか。

21　強調と誇張

うたい上げようとする対象が決って、これを作品に纏める時に、その詩因となった対象のどの部分が強調されるかということは、最も作者の力倆の窺われるところであって、難しくもあり楽しいところでもある。どのような作品であっても、それぞれにどこかに一つくらいの見所があるものであるが、その見所と思われる作者の力の籠められたところが、読者にいかに受け入れられるかによって、自ら作品の価値が定まるといえる。

文章や話では、山があるということはよく言うことであるが、長々とした文章や話の中では、特に作者の力を注いだ山場というものが、一か所や二か所あって読者を愉しませる。それがなければ作品のしまりもなければ、面白さもないのが普通である。俳句も字数は少ないけれども、やはりこの山がなければならない。あるいは一句そのものが一つの山であることが好ましい。俳句ではほとんど遊びということが出来ないから、最初から真剣に、山と取り組まねばならない。一句が出来上るまでの作者の心の中の変遷経過が、文章で言えば、山へかかるまでの過程であって、それらは句の表面には表われないけれども、そういう前提があって、突如として山としての作品が現出し、十七音をもって終ってしまうと、そのあとはまた余情をもって、言葉なしの余韻を残して完結するといった文体が俳句とも考えられるのである。

これを思えば、表面に表われる山としての十七音には、全く無駄があってはならないし、十分に対象を強調して、作者の感動を伝え得るものでなければならない。

流れ行く大根の葉の早さかな　虚子
桐一葉日當りながら落ちにけり　同
川を見るバナナの皮は手より落ち　同

など強調とただ簡単に言い切ってよいかどうかと思われるくらいに、作者の心に捉えられたものが、一句中に強調されている。実際このような山としての十七音が出来上るまでの、作者の目と心との動きの過程に思いを致すとき、これらの句が決して偶然に出来上ったものでないことがはっきりうなずけることと思う。

誇張というのは事柄を必要以上に大袈裟に述べることである。必要な部分を集中的に強めて言う強調とはその点がはっきり違うところであって、誇張された事柄は読者に嫌悪の感じを与えこそすれ、決して文芸としての価値を高める役割は果さない。誇張の中には作者の必要以上の心の偏りがあって、それを読者にまで押しつけようとするために、かえって読者の反発を買うからである。

誇張には自分の心持を誇張する場合と、自分の見方――把握の仕方――を誇張する場合とがある。人事句などで、自分の苦しみ悲しみなどを述べる時、得てしてこの第一の心の誇張が起りやすい。勿論そのように誇張して述べられた作者の心持というものは、読者にも十分伝わるものであるけれども、伝わっていながら嫌みが残って共感を伴わないのが普通である。このような心持を述べたい時には、誇張をして物を言うよりは、かえって控え目にさらりと言う方が共感を呼びやすい。このことは誇張ということを離れて考えても、しっかりと心に刻んでおかねばならぬことである。つまり内容の強烈な事柄は、出来るだけ淡泊に述べねばならないのである。だからこそ、

此松の下に佇めば露の我　　虚子
松蟲に戀しき人の書斎かな　　同
ふるさとの月のみなとをよぎるのみ　　同

というような平淡な描き方が好もしい。

また自然諷詠の句などで、自分の見方を誇張した作品に会うことも稀ではない。この方は心持の誇張よりはやや反発を感じることが少ないが、やはり行き過ぎたものは嫌みとなって、たとえ初めは面白いと思ったものでも、時が経つとやはり反発を感じるようになる。いずれにしても物事を誇張するということは、俳句作家としてはおよそまず慎まねばならないことであろう。俳句というのはその字数の如く、控え目に控え目にというところに最大のよさがあることを心得なければならぬ。

22　模倣

句会などで同じ対象を写生した場合に、たまたま他人と同じ句またはほとんど同じ句が出来ることがある。同じものを見たのだから同じ句が出来るのは当然と考えては大間違いであって、このような時には同じ句が出来たといって、笑い合ったり喜びあったりする代りに、人と同じ句を作ったことを大いに反省し愧《は》じなければいけないと思う。他人と同じ句が出来るということは、ここに述べようとする模倣とは直接関係はないけれども、厳密に言えば、対象を見たときの発想の仕方とそれの表現の仕方が全く同一であったということである。これは俳句作者として何か画一的な枠内にあったということであり、決して好ましいことではない。殊に自分より力倆のないと思われる人と同じ句が出来たような時には、大いに悲しまなければならないであろう。

定型でなければならないこと、季題を詠み込まねばならないこと、この二つだけでも十七音の俳句は、手痛いほどの類型的、模倣的な宿命を負わされているのである。その上いかに把握し、いかに表現するかという、それこそ作者の命となるところを、他人の模倣で済ませるとなると、何のために俳句に携わっているのかわからない。少なくとも多くの規制の下で、この二つのことだけは自らの心の趨《おもむ》くままに自由に出来て、はじめて自分の作品を作る面白さが、湧き出て来ようというものである。

初学の間はそれでも、いろいろ先達の真似をして型を憶え、見方を憶えねばならないであろう。特に俳句にふさわしい言葉や言い廻しは数多くあって、一応それらを憶え取ることは、俳句上達には欠かせないことである。しかしそのように模倣をして練習をする時代にも、自分自身の心の在り方、物の見方、感受性というようなものは、とりわけ大切にしてこれを育て上げなければならない。その点では先輩に対しても批判的であってもよいとさえ思う。あるいは多少の逸脱があっても、人の真似で終るよりはましであろうと思う。そして次第に、言葉とか言い廻しとかの表現方法にも自己が打立てられれば、申分ない作家といえるのであろう。

個性を重んじて、人の模倣をしないということは、特に俳句において大切であることを忘れてはならないし、また初学の間から心掛けねばならないことである。

23　今日の心

虚子先生は『虚子俳話』の「我はわづかに我を描く」という項の中で、

我はわづかに我を描く事を得れば幸としてをる。

我の心に映つた天地山川、我の心に宿つた感情、それも四季に包まれた天地山川、春夏秋冬の間に動く感情、それを写すことのみに専念してをる。

と説かれている。これは人生を写し、社会を写そうとして混迷を極めているいわゆる現代俳句への戒めの言葉の一つとして述べられているように思われるが、実際には私たち花鳥諷詠に専心する者にとってこそ、一段と心を戒めなければならない言葉と思う。それはただ、我の心に映った自然を描く、感情を描くというように、描くべき対象について戒められているように述べられてはある。だが、なおよく味わってみると、我が心に映った対象で我を描くという描き方の方が、より一層重要であることに心づくのである。

前章で模倣ということについて述べたが、別に進んで人の真似をする積りはなくとも、先人の句、同輩の作と同じ、または類型の作品が生れることは、俳句のように極端に短い詩型では全く致し方のないことのように思われる。が、そのような一点について考えても、また時代と共に新しい作品を創り、個性に溢れる作品を作るというような積極的な点からしても、「我はわづかに我を描く」という謙虚な心の在り方が、実は謙虚なばかりでなく、まことに進歩的な要素を含んだ意味深い言葉ではないかと私には思われる。一見自己に籠るかに述べられたこの言葉は、実は自己に籠るのではなくて、只今の自分の心、今日の我が心に映った天地を、その時の我として描けという、俳句の在り方の本当の姿を教えられたものという心地がする。

今日の我が心、今の我が心の在り方を基とし、または背景として、自然に対し自然を描くということが、実は他人とは違った作品を得、昨日とは違った新しい作品を得る緒となることを銘記し、日夜心の修養に励むことが、俳句と取り組む私どもに課せられた、何よりも大きな仕事なのである。

24　突込んだ句

たまたま招かれて顔見世の二日目を見ることが出来た。しかしそれには俳句を作って下さいという条件がついていて、そのような同行六人が、うずらという枡席に陣取ったことであった。芝居を見たり音楽を聞いたりして俳句を作るのは、私は全く苦手であって、作品らしいものは何一つ出来なかった。芝居や音楽そのものに心を奪われてしまって、俳句に心を動かしている暇がないのである。その日の南座は全く満員の盛況であったが、いつもは大勢来ているという舞妓が、その日は少なくて、かぶりつきに一人、後ろの方の座席に一人、人目を引いているに過ぎなかった。そのかぶりつきにいるひとりの舞妓が大へん美しい妓であって、何とかしてそれを詠みたいと思った。私はとりあえず

顔見世のかぶりつきなるよき舞妓

とメモして置いた。後日選句を受けるために、その日の句をまとめる段になって、やはり私はその舞妓の印象に心を惹かれておった。しかし「よき舞妓」というのは、余りにも言葉が過ぎるの

で、この二字はどうしても省くべきであると思った。そこで私は、

顔見世のかぶりつきなる舞妓かな

とその句を訂正してみた。この形は、いかにも顔見世の感じのある、京都らしい風景としてそつのない句ではあるが、私自身にはやはりどこかが物足りない感じがした。まず顔見世と舞妓の組合せは余りにも陳腐であろうという気持があった。ただ救われるところは、そのかぶりつきに舞妓がいるという、顔見世興行に対する舞妓の執念というようなものの窺われるところだけであるが、それとても「舞妓かな」という平板な描写では、人物や背景の動きがなくて、その状景さえ見れば誰にでも作れそうな感じがして、どうしてももう一歩突込んで写生したく、遂に投句を断念した。

ところがその日の他の投句の中に、全く同じ句で、「顔見世のかぶりつきなる舞妓かな」というのがあって、それが父の添削で、

顔見世のかぶりつきなる舞妓たち

となって、二重丸がついて戻って来た。私はこの句を投じなかったことを喜ぶと共に、やはり父も下五の突込みの足りないところが物足りなくて、このような形に直したのであろうと、何かわが意を得たような気持になったのであった。この添削のように「舞妓たち」ということになると、

句としての品は少し悪くなるけれども、顔見世のかぶりつきの席を占領して、さんざめいている妓たちがはっきりと描き出されて、作品の拡がりが格段の相異となり、二字の違いではあるが、物を写しとるときの、対象への突込み加減というものに雲泥の差が生じる。一つの作品を仕上げる時はそこまで追究の手を休めてはならないのである。但し、この作品の場合は、その日かぶりつきにいた舞妓はただの一人であったのであるから、作者にはこの「たち」という推敲は無理であり、当日の劇場を見ていない選者にして、はじめて常識的に複数化に作りかえ得たというべきであろう。

ここに突込んだ句と申し上げたのは、対象の本質を突込んで観察し、写し取った句ということであって、この点には十分作者の心が砕かれねばならないと思う。過日大阪税関千舟会の句の中に、

遠火事を誰もが聲を出して見る　　服部　高明

というのがあって、まことにさりげない描写ではあるけれども、突込みの利いておる句、遠火事の本質というようなものがあるとすれば、それに一歩近づいた作品であると、深い感銘を覚えた。全くこの句などは、はからずも成ったという心地がするが、やはり物を掘り下げ掘り下げ見る作者の努力と根気が、その進歩的な物の感じ取り方と相俟って、一気呵成にこのような作品として仕上ったのであろう。常に一段と突き込んで見るということを心掛けたいものである。

25　教養のある句

いろいろと俳句を見ていて、作者の人格に打たれ、教養に打たれ、この人にはどうしても追いつけないと思うことがある。そのような作品に出会うとほんとうに心から頭の下る思いがする。虚子先生の御句などは、すべてこの種の身体全体でぶっつかって来られるような作品ばかりで、それがまたどの作品にも先生の人格が滲み出ていて心を打たれる。例えば『虚子百句』を繙いてみても、

葛城の神饗はせ青き踏む　虚子
思ひ川渡れば又も花の雨　同
海女とても陸こそよけれ桃の花　同
家持の妻戀舟か春の海　同
春山を相して京に都せりと　同
汝にやる十二単衣といふ草を　同
山川にひとり髪洗ふ神ぞ知る　同
くはれもす八雲舊居の秋の蚊に　同

懐手して宰相の器たり　　同

東山静かに羽子の舞ひ落ちぬ　　同

と掲げればいとまがない。これらの作品はただ教養がある句というような簡単な分類の仕方が出来る作品ではなく、まさに偉大な人格と対決しているような感じを読む人に与える。作品の上で景色の拡がり、情感の拡がりといったものではなくて、勿論それは俳句を論ずるときの第一要素ではあろうけれども、それ以前の、作者自身の人間としての大きさ、広さ、奥行といったものが、じかに感ぜられる句であると思う。私は俳句の窮極の目的はここになければならないと信じている。一木一草自然の動きを在りのままに写し取るということは、俳句の本質的な在り方であって、その俳句の在り方を全うした上で、結局は自らをかく詠い上げなければならないのであると思う。

「諷詠」一九八号の近詠に、

松手入して松風も村雨も　　夜半

がある。句の表面から言えば、松の手入が終って、さてこれからは松風も村雨もまたひとしおの趣があろうというような心持の作品であろう。しかしこの作品の出来上る過程には、作者の心にまず謡曲の松風村雨の故事があって、それが松手入によって深い回想を呼びつつ、この形となったものであろう。やはり作者の教養を土台とした作品であって、何となく心を打たれるように思

う。何事に拘わらず教養を高め心を磨き上げることが最も大切なことであろう。また同じ号に、

静かなる日の在りどころ萩を刈る　夜半

という句がある。この作品からは教養といった生やさしいものではなく、何か作者の諦観といったものが感ぜられる。いま枯萩を刈るのに、いかにもそれにふさわしい静かな初冬の日差しが、またいかにもそれにふさわしい方向から射して来る位置に太陽があるというのである。私はこの萩を刈るにふさわしい静かなる日の在りどころが、とりもなおさず刈られてゆく萩を見ている、静かな作者の目であり、心であるような心地がする。萩刈というようなものにさえ、作者は境涯をかけているといった感じに打たれるのである。

教養の溢れる句、人格の滲み出る句を作ることに真向から専心しようということではない。またそのようなことを考えていては、かえってそういう立派な作品を得る邪魔にこそなれ、助けにはならない。自然のうちにそのような状態に次第に近づけるように、まただんだんと勉強を重ね、齢を重ねるうちに、そのような境涯に自然と到達出来るようになりたいものと思う。

26　句　評

この頃はどの雑誌でも新聞の俳句欄でも、句評がたいへん盛んである。しかし俳句が本当によ

く判っている読者には句評はかえって迷惑な感じがするであろう。せっかく十七音にまとめて、十分余情の掬《く》める、状景の明らかな作品に、評者の勝手な蛇足を加えられては、何のために俳句を作ったか判らなくなる理である。ただ句作の勉強をする方便として、選者がその句の味わい方を教えるために、句評を附することは大切なことであって、初学者は句作の手引として熟読玩味すべきである。また初学の間には、どうしても解釈の出来ぬ句があったり、間違って解釈をする句がありがちであって、それらのためにも選者の句評は、心をこめて読まれるべきである。

　次に選者が指導的な意味で句評を行うのではなくて、一般の鑑賞者が句評を行ったり、合評を行ったりすることがある。このような場では、作品はあらゆる方面から容赦なく検討される。また鑑賞者によっても、理解のされ方、感ぜられ方が異なるのが普通であって、同じ作品があるいは佳しとされ、あるいは佳しとされないことも起り得る。作品を取り上げて鑑賞をする立場からすれば、佳しとしないものは取り上げないのが、作者に対する礼儀であろうが、よしんば各々が佳しとする作品であっても、やはり先ほど申し上げた通り、鑑賞者によって、佳しと感ずる急所の異なることが多い。このような評を読む場合には、一応は虚心坦懐に人々の意見に耳を傾けることが大切ではあるけれども、結局は自らの鑑賞力を養うことによって、それらの句評の可不可をはっきりと見定められるよう、俳句に対する筋金の通った見方、考え方、味わい方が出来るようにならなければいけないと思う。

　また「ホトトギス」などで現在行われているように、選者によって佳句とされたものを、他の人が代って句評を行う場合がある。このような句評をする立場に立った時、最も大切なことは、作者の述べようとするところを、種々に想像して追究することではなくて、選者が何故にこの作品を取り上げて佳しとしたかを、まず第一に考えてみることである。その作品は選者によって日の当る場所に出されたのであることを思えば、このことは選者に対して敬意を表することになるばかりでなく、作品を鑑賞するための大きな手がかりを摑む緒ともなるものであり、延いては、選者の意に適った句評の出来る近道となるものである。選者によって機会を与えられた作品の評をする時は、この心掛けがなければ、当を得た評にならないばかりでなく、作者にも選者にも礼を失することになりかねない。句評者は特に注意が肝要であると思う。

一般に句評をする場合には、出来るだけ簡潔に、作者の述べようとしていながら作品の表面に出ていないところを附加して、読者の鑑賞の手助けにするのがよい。この時評者自身のひとりよがりの想像などは絶対に附け加えてはならない。そのようなことをすると、句評そのものがたいへん卑しい感じになってしまって、作品を損う方向へ拍車をかける結果となりかねない。作品の余情は余情として、句評の中にもそれはそのままにのこして置くことが好ましい。句評はただその余情を引き出すための手助けを簡単にするのが好ましいと思う。

27　時間をかけて作る

一つのものを見るのに、五分間で見るのと、一時間で見るのとでは随分その見た内容が違う。二日がかり三日がかりで観察したものは、なお一段と詳しく目に映じ心に映ずることであろう。殊に客観的に対象を写生する俳句においては、少なくとも自らを忘却するほどに、研がれ澄まされた心をもって、静かに詳らかに長く対象と向い合う必要がある。またかくして目に映じ、心に映じ来ったものを写して作品にまとめ上げる時にも、出来るだけ時間をかけることが望ましい。ていねいな言葉で丁寧に表現することが望ましい。これはひとえに作者の心と対象とのかかわり合いの度合を、より一層緊密にせんがための手段である。自らの主観をぎりぎり一杯に抑えておいて、対象をただありのまま写す場合、もし自らの心と物のかかわり合いに、対象の深奥を探り得るだけの十分の時間をかけないならば、それこそ陳腐きわまりなく誰にも共通な類の作品しか出来上らないであろう。

素十の句に、

朝顔の双葉のどこか濡れゐたる　素十
甘草の芽のとびとびのひとならび　同

など、まことに単純化されたかに見える一連の作品がある。これらをよく考えてみると、誰でもが見てすぐに詠い得るが如き体裁の句でありながら、相当の時間の観察がなされていて、対象が自然に作者の懐にとび込んで来たという感じがする。作品の姿が単純化されているゆえに、このような句は誰にでも簡単に詠むことが出来るような錯覚に陥るのであるが、決してそう生やさしく出来上ったものではないと思う。

これに反して吟行に出かけた時など、瞬間的に目に映じて出来上る作品がある。少なくとも瞬間的に心に映ったといった心地がして出来上る作品がある。しかしよく考えてみると、このような時には、前日からいろいろと吟行地のことを調べたり、その辺りで詠まれた古い句を調べたり、十分に写生に対する心の準備が出来て出かけるのであるから、よし行きずりの一風景と瞬間的に心の交錯が起ったとしても、結果としてはかなり時間をかけて作ったのと同じということが出来る。これは十分な心の準備のなされているために、瞬間的に見ても、深く見ることが出来るからである。

何度も引き合いに出すけれども、虚子先生の、

流れ行く大根の葉の早さかな　　虚子

などは、大根の葉の流れるのを、時間をかけて見ていて出来上った作品ではなくて、その景色に到達するまでに、作者の作品を作り上げるための心の準備が、全く飽和状態にまで盛り上げられ

ていて、その景色に到って一気呵成に出来上ったものと私には感ぜられる。心の深奥を覗いたといった感じの作品で、やはり作者が十分に時間をかけて、心を研ぎ澄ましたという心地がする。

また以上のような準備もなく、時間もかけずにいて、只対象があまりにも珍しかったり、明瞭な詩因を孕んでいるがために、佳作の出来上ることがある。これは作者の力よりは対象の力によって授る作品であるから、余程注意をしないと、古い類句があったり、一緒に見た仲間同士で類句が出たりする。珍しい行事などを見に行って作る時に得てしてこういうことが多い。このように誰の目にも映る強烈な対象と取り組むときには、よく推敲を重ねて、表現に独自の工夫を凝らすとか、対象を把える角度を若干変えて見るとかして、個性のある作品に仕上げることが好ましいと思う。

いずれにしても、写生は出来るだけ丁寧に時間をかけて行い、表現も出来るだけ丁寧に、推敲にも時間をかけ、おのずから深みのある、一段と個性豊かな作品を作り上げたいものである。

28　具象と抽象

虚子先生の晩年のお句に、

去 年 今 年 貫 く 棒 の 如 き も の　　　虚　子

というのがある。去年今年というのは新年の季語であって、倏忽《しゅっこつ》の中に年去り年来ることをいうと歳時記にある。年が改って旧年を思い新年を思うことであって、季語としては心持の強く打ち出される季語である。句意は、今自分は忽ちの間に改った年の初めに当って考えてみると、過ぎ去った年と、新しく来った年の間をかけて、年は改ったけれども、自分の心の中に、また自分の身のほとりに、一本の棒を貫いたように、また一つの信念のようにしっかと貫き通した一事があって、このことが信念の決意を新たにし、これからの一年の行動の基礎になるというのであろう。

この句はまことに抽象的なことが述べられていて、見方によっては難解な作品のように思われるけれども、描き方にたいへん具象的なところがあって、読む人に、その人なりの理解感を覚えさせる。これはやはり客観写生の手法である。たとえ心象的な句であっても、抽象的な句であっても、描かれ方が何らかの形で具象的であれば、作者の心持はかなりの普遍性をもって読者に伝えることが出来る。写生の功徳とでも言うべきであろうか。

紺絣春月重く出でしかな　龍太

これは飯田龍太の代表的作品であって、みずみずしい若さの溢れている格調の高い句である。匂うような紺絣を着て外に出た作者に対して、向うの山の端から大きく黄色い春月が、したたるような春色をみなぎらせて重々しく上って来たというのである。この作品では紺絣の作者も、山の端に重く出る春月もまことに具象的に単純に描かれている。だが、逆にそれらの具象的なものの組み合せと、若さ溢るる格調のある詠じ方が、私たち読者に何かそれ以上の一つの心象的なものを感じさせて、それが限りなく人々を惹きつけるのである。

最も本格的な客観写生の俳句よりは、ここに掲げた二つの例句のような行き方の句の方が、私などにとってはより魅力的である。読者の中にも共鳴される方があろうかとも思うけれども、今も申し述べたように、このような作品であって、かえって具象性を強く打出しておかねばならないというのは、皮肉なことである。

抽象的なことも詠ってみたい。心象的なことも詠ってみたい。たまにはずばぬけて感覚的な作品を作り上げたいと、誰しもが思う。だが、それらのことを成し得る最短の道は、やはり形を持ったものを適確に写し取ることから始まる初歩の勉強に通ずるものであるということは、面白いことであると思う。

29　芸　風

喜多六平太『六平太芸談』に、「芸風と芸格」という一章があって、宗家を嗣ぐにつけて、若年の頃から何人もの師匠番に稽古を受けたことが述べられている。著者は、それら芸に対する主義主張の異なる人々から、それぞれの特質を学んで、その上面だけを真似るということなく、家元の芸としての格式を打ち立てたという話がある。

　俳句に限らず、一つの芸事を習得するのに、多くの師匠を持つことは不幸なことである。少なくとも初学の間は特にこのことは重要である。一人の師を得たならば、もはやその師から学ぶことがなくなるまで、その師を離れてはならないと思う。またもしその師から学び取ることがなくなったとしても、その師を崇《とうと》び敬うことを忘れてはならない。その上で次の師によっての芸風を発展させることは自由であろうが、なかなかそういうことは周りの事情もあって上手くとり運ばないものである。

　古典的な芸能の世界で最もやかましいのは、やはりこの芸風であり、芸の型というべきものである。初学の間は特にこれが乱れてしまうと、もはや救いがたいものとなって、まず上達の見込はない。俳句の世界には結社という古い考えがあって、各々芸風の異る選者を中心にして結社を作り、あたかも他を排するが如き風潮があって、俳句の発展を妨げているかにも見える。例えば「ホトトギス」という中央誌があって、その中にいろいろの地方誌が存在する。一つの流派の中でさえもそうであるから、他のもろもろの流派においても、なおかつそうである。前衛俳句と称する新しいと考えられているジャンルにおいても、なおかつ多くの結社が存在して互いに鎬を削り合っている。私はここで結社の問題に触れるつもりはないが、一口で言えば、俳句を勉強する上に、俳人たちに必要な指導者、仲間、研鑽の場、発表の場を提供するのが結社なのである。これが結社としての最も大切な使命であることを思えば、いたずらに結社を排斥することは出来ないし、俳句に志す者は、その属する結社を何よりも大切にしなければならないということになる。

一つの俳誌に属していい師を持ちながら、ただ何となく方々の俳誌などに応募している人をよく見かけるが、まことに無意味なことであると思う。俳句を一つの遊びの手段として、手あたり次第のところで遊んでいるというのならば、またそれはそれで許されるかも知れない。けれど、俳句を厳しい一つの人生修業とまで観じている人々から見れば、これは許しがたい冒瀆と思われるかも知れぬ。またそれ以上にそういう人々自身、心に迷いを生じてしまって、芸の上達が停滞してしまうであろう。初学の間は絶対に芸風の異なる二人以上の師についてはいけない。

30　そぞろの句

「雪解」主宰皆吉爽雨氏の「雑詠選後俳談」に、「そぞろなる句」という左のような一文がある。

そぞろ、すずろという言葉がある。そぞろに見、そぞろに感じ、同じくそぞろに表現して句を成す。私などには羨しい一つの句作態度であり、すぐれた境地であると思う。

そぞろは、すずろと同源の語で、漢字では「漫」をあてる。辞書による語義の「何となく、はっきりした理由なく」などの中に「自然に心がひかれる時にいう語。何故となく心がはやり進む」というのがあって、私の今言うこの言葉の意味に一番近い。

ものを見ながら、何か句になるものはないかと物ほしげに見まわす。そして何か目だたしいものにぶつかるとこれこそと眉をあげて句にする。従って句の風体も同じように肩をいからしてこわばったものになる。――しかしこれはむしろ結構と思う。とにかく句にしようとする意志の力のないところに句はない。写生を遂げる一面にはこれ位の意力と意欲はぜひほしい。がこれが、これこそと思われるものに対する徒らな興奮であり、騒々しい表現に終ったとすれば意図に反して写生も句も不成功という外はない。野球の解説を待つまでもなく、肩にだけ力が入ったり腕をふりまわすのでは、投球にも打球にもしんの力は籠らない。

以上は私自身の句作状態のつい陥りがちなところを反省して言っていることだが、そうした時、もっと静かでおのずからな態度と技法がとれないものかと望まれる。水の面がおのずとものを受けとめて映し出すように、何げなく立ち向って、何げなく眼と心にものをうつす。形をとらぬほどの感動を無意識にうけ入れてしみこませる。そぞろの語義にいう「自然に心が引かれる」ものを「何故となくはやる心」で受けとめるのである。

こうして得た詩因、無意識に形さえなさないで受け入れた句因を大いに尊重して、しずかに思案して形をとり、そぞろなる表現に整頓する。ゆるやかな波が、なつかしい情緒をこめながら、しみじみした句をなさしめるのではなかろうか。

意欲的にとらえたと思うものは、偽りではないにしても、強くあざといものが多いだけに、表現が空転して時に我々を欺く。それに比べて潜在的意識がうけとめたそぞろなるものは、むしろふかい洞察力がしみこんでいて、具象化の如何によってはよい句が生まれる。ただこうした態度は消極的なものぐさに見えやすいが、私が反省して尊重したいと言っているのはそうでない。静かにおのれを持して佇んではいるが、胸中はどこまでも明鏡であり止水であって、どんな片影も映さずにはやまない緊張がある。

そぞろという言葉を口にすると、大阪の後藤夜半さんが思い出される。実例は、句集『青き獅子』を覆っていると言えよう。

そぞろなる句という考え方はたいへんに面白く、また俳句の本質をついていると思う。このように述べられてみると、父の句にはまことにすずろの句が多いように思われてくる。

この文章の中で父の『青き獅子』の句が全てそぞろなる句で覆われているというのは少し過分なお言葉かと思う。ともあれ、対象に立ち向うときに、心がそぞろに動いておのずから心がたかぶり、邪念なく作品が出来て来るということは、これは達人の天衣無縫の構えに属する境地であろうが、何事に拘らずこのような境地にまで自分を引き上げてみたいものである。

『青き獅子』にそういうそぞろな句が多いということであったが、私は父の最近の句に一層その傾向が強いと思う。これはこの十年ばかりの間に、父の円熟の境地が一段と確かなものになったためであろう。そぞろなる句ということを言われてみると、最近の父の句には、発想もそぞろならば表現もそぞろというのがたくさんあって、そのような作品に句会の席上などで出会《でくわ》すと思わず心を打たれることがある。父もとうとうこういう境地にまで達したかと思って心が動かされるのである。それはやはり年齢から来る円熟の境地で、もはや己を飾ろうとする無駄な欲がないからであろう。心の動きが自然で、表現がいよいよ素直である。最近では、例えば次のような句がある。

山繭はめづらしけれどあはれなり　夜半
梅雨は降り梅雨は晴るるといふことを　同
瀧を見て句碑の落着くさまを見て　同

私が俳句を習いはじめた昭和二十年代は、父としては、前期のそぞろなる句から後期のそぞろなる句への転換期であって、一つの苦難時代とも言えたと思う。私は多分その頃の父の影響をたくさんにもらっていると思うが、その点最近から俳句を始められた人々は、自然と後期のそぞろの心境を会得されることと思われる。よく勉強していただきたい。

ああいう句を作りたい、こういう風に詠まねばならない、この季題の感じはこのように出さねばならないなどと、作句する前から心を鎧ってしまっていては、すずろの句の出来る筈がない。しっかり練習を積み重ねた上で、いざという時に心を対象に向って開け放つのである。そして自ら心に映じ来るものを待つのである。それがそぞろというものであると思う。

31　余情

十のことを述べるのに、七まで述べてのこりを想像させるのと、五まで述べてのこりを想像させるのとでは、もし誤たない想像をさせられる技法が凝らされているならば、五までしか述べない方が読者には楽しい。これは読者の心で遊べる領域が広いからである。またそれとは別に、使える言葉が十七字あって、それだけで何かを写し取った場合に、十七文字の言外に、読者の想像の働かせられる――作者の描こうとした方向に――領域が広ければ広いほど読者には興味が深い。この二つのことが、俳句を作る上に最も大切な余情ということである。

『六平太芸談』に「完全無欠」という一項がある。太閤秀吉が木下藤吉郎時代に、稲葉山の城を攻める時、難攻不落の名城でたいへん苦心をしたが、ただ一人その城の一か所の弱点を識っている竹中半兵衛を探して味方に加えたという話につづいて、すべて昔は城ばかりでなく、どんな建物にも、完全無欠十二分という造りはなかった。どこかに一か所欠点を作って疵をつけて置かないと、俗に魔がさすといって、天の冥罰を受けるという宗教的な思想があった。世の中でのどんなことにも十二分というのはいけなくて、十分の中の七、八分目というところが良く、鐘で言えばあと二、三分の余韻を残すのがよろしい、とある。さらに長く長く尾を曳いて尽きない風情のある芸のむづかしさもそこだね。これは内容的にもまた勤める曲の数にしてもだね。昔の人は大習、重習ものを勤めるにしても、なかなか全部はやらなかった。未熟でやらないからぢやない。それこそ十二分の腕をもつた名人上手といはれる達人でも、必ず生涯通じて一曲や二曲は勤めないものがある。そこがいゝところだね。芸といふものは、ああ今あの人が生きて居てあれを勤めたらどんなにいいだらうと思はせる処に花がある。それを勤めるだけの十分の腕がありながら、到頭勤めなかつたといふ、そこに何とも言へない味が残るね。

こんな話があるよ。ずつと以前に小石川の白山にたしか南隠さんとかいふ禅宗の坊さんがあつた。相当偉い坊さんだつたらしい。その人がある時たしか須田さんの紹介でやつて来てね、能の方に石橋といふ曲があるさうだが、その筋道を話してきかせてくれといふんで、謡本を見せて説明をした処が、じつと聴いてゐて、さて言ふことには、いやなかなか面白い、その獅子が石橋を渡らないところが面白いといふ。なぜかといふと、百獣の王ともいはれるほどの威勢をもつてすれば、石橋は訳なく渡れるんだが、その勢力をためておいて渡らない処に禅の教へとおなじものがあるといつて、喜んで帰つてゆかれた。

わたしもなるほどと思つた。しかしなかなか理窟ぢあ解らないものだよ。

というくだりがある。俳句の余情というのは、俳句の短詩としてのぎりぎりのところから、いわば余儀なくされている特質の一つであるが、やはり省略と象徴を本質とする能や、その上禅の教えの中にも、この考え方が深く根を下ろしていることに、限りなく興味を覚えるのである。

32　付け合わせの句

俳句を作るときに、季題にあたかも直撃弾を浴せかけるように、真正面から季題や叙そうとする事柄に取り組む時と、直叙することをしないで、側面から季題を取り扱うときがある。この側面から取り扱う時の一つの技法として、季題と他のものとを取り合わせる方法がある。季題といかにも不即不離の物、事を組み合わせて、季題によってそのものまたは事柄を描き、逆にまたそれらの事物によって季題を追究する方法である。

この間ある句会の席上で、

淋しさの遠き表情赤とんぼ　　岡田　美子

という句があって、私もいただき、披講のとき父の特選にも入った。選評のときになって父は、

この句は一人の人物の表情——淋しさの遠き表情——を描くのに赤とんぼを配したもので、赤とんぼによって見事に人物の表情が描かれているし、人物の表情によってまた見事に赤とん

ぼの群れとぶ景色が描かれている。

という意味のことを述べた。私はこの句は、実は赤とんぼそのものの飛ぶさま、あるいはとどまり、また何かに止っているさまを、そのまま直截に描いたものと思っていたので、この父の評を聞いて、なるほど俳句というものは、そういうようにゆったりした味わい方をしなければならないのかと、感ずるところがあった。

私がもし赤とんぼにまともに取り組んだならば、きっとこの句のような句を作るかも知れないと思った。勿論背景には青空があったり雲があったりするであろうが、人物が主役を務めることはまずないであろう。ところがこの句では、父の鑑賞の仕方によれば、主役は人物であって、赤とんぼは脇役に廻っている。そして描かれてあることは一段と複雑でありながら、詠んで肩の凝らない軽やかさがある。それが付け合わせの句の面白いところであって、季題の本質を追究する一つの方法、しかも俳句独特の方法なのである。

古来俳句には付け合わせの句で面白いものが多く、これが俳句の本質の一つとも考えられて来ている。例えば、

白玉や遠ひぐらしをきゝとめつ　　秋櫻子

持ち古りし夫婦の箸や冷奴　　万太郎

鮓桶に来てとまりけり山の蝶　　泊月

などは付け合わせの句であり、同じものを詠んだ句でも、

白玉にとけのこりたる砂糖かな　　虚子

うすまりし醤油すゞしく冷奴　　草城

鮓つけし手とわびつゝも客とあり　　静子

などは前の句と比べれば、より直叙的な句と言えるであろう。

付け合わせの句で一番気をつけなければならぬことは、季題が動いてはいけないということである。また季題ばかりでなく、付け合わせる物と物とが、まことに不即不離で、その他の組合せが考えられないほどに緊密なものでなければ、作品としての佳さが出ないばかりでなく、いかにも怠け者の小賢しい作といった感じになりかねないので、気をつけなければならない。

33　対比的叙法

前章で間接的または側面的叙法の一方法として、付け合わせの句について簡単に述べた。また付け合わせて作る句では、季題の動かないこと、付け合わせる物同士に無理強いのないことが大

切であることを申し上げた。また前章では述べなかったけれども、付け合わせということは、やや控え目なくらいのところでなされるのが好ましく、作者の感じ方や、受け取り方を読者に押し付けてはならない。これは付け合わせる物と物とについても、また一句の叙法の上からも言えることであってよく注意しなければならない。

次に季題を側面から叙する別の手段として、二つの季語または物を対比する方法がある。この方法では、付け合わせの句の時とは少し異なって、対比する二つの物または事柄は、なるべくはっきりと異色のものがよい。明るいものと暗いもの、賑やかなものと静かなもの、大きいものと小さいもの、濃いものと淡いものといった類である。もし対比するものの両方に季語が入って来る場合には、出来れば同じ季節の季語であることが望ましい。どちらの季語が主でどちらが従ということがほぼないからである。

最近の「諷詠」からこの種の叙法の作品を二、三拾い上げてみよう。まず、父に、

梅雨は降り梅雨は晴るるといふことを　夜半

という句がある。この句は完全に対比的とは言いがたいかも知れないがともかく梅雨というものの相反する二つの特質を述べて、梅雨そのものをはっきり描き出そうとしている。作品全体として受ける感じは、すっきり一つに纏まっているが、それを纏め上げるために、一句の中に互いに相反する二つの面が対比的に並べられてある。同じような手法で雑詠に、

流燈の繪のあるあはれなきあはれ　廣瀬ひろし

子には子の母には母の星降る夜　宮崎稔子

水明り今月明り螢とぶ　井桁蒼水

などがある。一句目は、流燈の中には、絵の描かれたものや、白紙のままのものがあって、絵のあるものには絵のあるあわれさ、絵のないものには絵のないあわれさがある。が、結局その異なった二つのあわれは、いずれも流燈の持つ本質的なあわれなのであるというのである。対比的な言葉としては、「ある」と「なき」の二語だけしか使われていないけれども、この対比はすこぶる鮮明であり、しかもよく一つにまとめ上げられている。二句目の母と子の対比は、流燈の句のそれよりは、少し複雑であって、かなり叙情的な対比になっている。この対比を完成させるためには、読者の情感が幾分作者の叙情の手助けをしなければならないであろう。そのような叙情の手助けがあった上で、この「星降る」一つの夜が、お互いに少し異なった感じの二通りの「星降る夜」として描き上げられている。このことは前の作品とは少し逆行的な行き方のように思われる。対比はやや不明瞭であるが、景色ははっきり異なった二つに分れて描き上げられている。三句目の螢の句では、少し時間的な間隔を置いて、二つの明るさを対比している。少し前には水明りの上を飛ぶ螢の光を見た。今は月が射して、明るい月光の下を螢が飛んでいる。この場合水明りはすでに月明りに打ち消されてしまっている。しかしこの二つの明暗、色彩の異った下での螢の光というのは、どれが強くどれが弱いということなくそれぞれに美しい。時間の経過と景色の重なりのためにこの句での対比の在り方は、また前の二句とは少し異なった味わいがある。

また、ある会の席上で、

自由なる冬芝律儀なる紅葉　　山口　甲村

という句があった。これは作者の対象を把握するときの、心の構え方が少し露わであるような感じもするが、対比の句としては面白いと思う。この句で少し気にかかることは、冬芝は冬季に属し、紅葉は秋季に属することであろう。この場合やはり冬芝は冬芝として動かすことが出来ないので、紅葉は冬紅葉の感じとして受け取るべきであると思う。ともあれ冬芝と紅葉のある景色の中で、冬芝に自由さを、紅葉に律儀さを感じてこれを対比の形とし、お互いの特質を強調させ合いながら、一景をまとめ上げているところは老巧というべきである。この句のようにはっきり分裂的ではないけれども、二つの季語によって対比的に叙した句を二、三拾ってみると、

はかなさのいづれ流燈走馬燈　　廣瀬ひろし
竹床几置き女郎花男郎花　　藤井　紅於
さして来し日傘をたゝみ砂日傘　　藤江　涼星

などがある。いずれも同季の季語を用いて、鮮明な対比の下に、はっきりと情を述べ景をまとめ

得ているというべきである。

34　並列的叙法

対比というほど判然と反対色のものを並べるのではなくて、なるべく係り合いのしっくりした物を並列的に置いて叙することがある。この場合は付け合わせの句に似て、大抵の場合一方の物または季語が他の物または季語を強める役割をする。

徽《き》墨《ぼく》あり相思鳥なる小鳥あり　　夜半

という句がある。中国の徽州は名墨の産地であって、ここで作られる支那墨を徽墨という。相思鳥はあるいは想思鳥と書くのかも知れないが、美しい小鳥である。これは日本にもいる小鳥であるが、その小鳥を私は見たことがない。ともあれ作者はいま徽州の墨を磨って机に向っている。そこにたまたま相思鳥という名の美しい小鳥が籠に入れて置かれている。作者はこの美しい小鳥と、その小鳥の美しくも優しい名に強く心を惹かれた。この小鳥を描き表わすには、この卓上の徽墨という美しい名の墨を置いて他にないと思ったのであろう。ここで偶然にこの並列的叙法の美しい作品が出来上ったのである。この句では徽墨と相思鳥とは並列的に置かれているが、やはり徽墨の方が従で季語の小鳥を持つ相思鳥の方を主と見るべきであろう。このような構成を持つ句を、私は並列的叙法の句と呼びたい。この手法はやはり俳句の基本的な作り方の一つであって、前の対比の句よりも一見弱々しく見えながら、俳句らしい奥深さを持つ。

「諷詠」の雑詠の中に、

滴りに来て蜂の性蝶の性　高嶋　頌晴
絲蜻蛉飛び水馬飛ぶことも　川圖　静枝
月祀る穂芒一壺萩一壺　田中ひなげし
蟬時雨檜千本杉千本　都筑　一竿

などがある。一句目の滴りの句は、あるいは対比の句として取り扱ってもよいようにも思うが、余りその対比にこだわり過ぎると、滴りというような、いわゆるかそけきものの感じが打ちこわされるような気がする。ここでは並列的に配したと見る方が妥当であろう。いずれにしてもここに掲げた四句はすべて、並叙したどれがどれを助けるということなく、共々に主題を強調するように働いていることは、先ほどの相思鳥の句とは少し趣を異にしている。やはり本当に並列的というのは例えば、

我庭や冬日健康冬木健康　虚　子
一對の雛一對の雛の燭　夜　半

涼しやと思ひ涼しと思ひけり　同
パンジーと園長さんとデージーと　同

などに見るように、並列的に叙したことが、共々に一つの主題を強調するというのではなく、二つまたは三つのほとんど同じ強さの題材でありながら、その中のいずれかがやや重みを持っていて主題となり、他が副主題となっている感じのものである。そして前掲の作品に見るように大抵の場合後から述べられる題材の方が、若干重みがあって主となっていることが多いのは、作句の一般的な手法とも一致していて面白い。

35　譬　喩

ある対象を描き、またある事柄を述べるのに、それらと特質の非常に似ている他の物を持って来て、読者の共鳴を喚《よ》ぶという行き方がある。これが譬喩であって、俳句では好んで用いられる一つの手法である。譬喩の方法には、直接的な直喩と、間接的な隠喩の二通りがあるが、いずれにしても一つのものを他のものに譬えるということは、一見易しそうに見えて、たいへん難しい。つまりその譬えの中に作者の品性、智性、情感といったものが、すべて露わな姿でさらけ出されてしまう。だからなかなか読者の共感を呼びにくいばかりでなく、かえって反感をさえ呼ぶことになり兼ねないからである。

私が子供の頃、父と伴れ立って歩いている時や、父の側にいて話を聞いている時などに、何かちょっと目に触れたものや何かちょっとしたことを説明するのに、よく父が他のものに喩えて話すことがあった。それがどのような物を見、どのような感じを述べる時であったか、今はもうすっかり忘れて、何一つ覚えてはいない。だが、それが子供心にも何とも上手に面白く、もの事を喩えることが出来るものだなと感心したことと、それが俳句を作ることに関るらしいということ、また物を見たり、物に感じたりするときに、自分でもそういう風に見事に喩えられれば、どんなに愉しいかというようなことを強く感じた思い出がある。私は高等学校時代に、毎日相当長い日記をつけて、その日に見、その日に聞き、その日に味わったものについて、出来るだけはっきりした批判をし、評を書いて、物の見方に少しでも個性が持てるようにと努めた時期があった。それなどは今思うと、父のそうした喩え上手から来る、対象の把握の仕方の面白さに刺戟されたからであろう。

譬喩の愉しさは、具体的な譬喩にしろ、抽象的な譬喩にしろ、また観念的な、あるいは気分的な譬喩にしろ、まず普通の表現では表わしがたい物や事を、割合に簡単に表現出来ることにある。またすでに譬喩に頼らないで表現出来るものであっても、その譬喩を用いることによって別の味わいをもって、あるいは別の角度から表現出来ることであろう。従って、譬喩を使用した作品では、作者の主観的な匂いや、個性的な匂いが強く入って来る。余程飛び抜けて立派な譬喩を上品に使わない限り、どうしても嫌みの残る作品に堕しやすい。譬喩は楽しいけれども、一面つまらないと言われるのはそこにある。

譬喩に直喩と隠喩のあることは前に述べた。直喩というのは、普通に「甲は乙の如し」とか「甲の如き乙」とかいう言い方であって、譬えるものと、譬えられるものとが、「如し」とか「ような」といった助動詞や「似る」「喩える」といった動詞などで、はっきり関係づけられているものを言う。隠喩はまた暗喩とも言って、前述の直喩のような関係づけの言葉を省略した形の譬喩のことを言う。従って直喩は全くあからさまであって、読んで見ると、譬喩の構成の舞台裏が覗かれるような感じが露わにする。それに比べると、隠喩の方は喩え方がやや不鮮明であり、また作り方によっては象徴的にも構成出来るので、それほどまともに作者の心の奥が覗かれることはない。従って譬喩を使う時には、直喩の方がより一層大胆適確でなければならないのである。

次に譬喩の句について少し具体的に述べてみよう。

咳き込めば我火の玉のごとくなり　　茅舎

咳き止めば我ぬけがらのごとくなり　　同

は直喩の句である。川端茅舎には譬喩の珠玉の作品が大へん多く、それらはいずれも茅舎独特の境地から出たもので、茅舎自身とも言えるまことに立派なもの。この二句なども、長く病床に呻吟した茅舎の句にして、また茅舎の境涯を知って読むことによって一段と輝きを増す。咳き込んで火の玉の如く、咳き止んでぬけがらの如しとは、まことに咳に生命をかけているという感じがして、病茅舎の気魄に圧倒される心地がする。
茅舎の直喩の句には確かに人の心を揺さぶるような素晴しい句が多い。しかしそれは飽くまで茅舎自身のものであって、読者の側のものでないという感じがするのは、それらの作品がすべて、茅舎自身の生命のぎりぎりの線で作られ、譬喩の限界の線に到達しているからであろう。

金屏風立てしがごとく焚火かな　茅舎
白露に鏡のごとき御空かな　同
時雨来と大木の幹砥の如し　同

など、いずれも直喩の句であるが、これらの譬喩には、茅舎自身の透徹した心眼のようなものがあって、全てそのレンズを通して、読者からは少し距離のあるところに焦点を結んだ画像として描かれているように思われる。一句目二句目などは、写生的技法を取りながら、ほとんど写生句とは言いがたいほどのものである。また茅舎には隠喩の句も多く、

枯芝に九品浄土のみぢん立つ　茅舎
白露に阿吽の旭さしにけり　同
桔梗の七寶の露缺けにけり　同

玉霞かすかに御空奏でけり　同

寒月に光琳笹の皆羽撃つ　同

などは有名である。どの句もそのどこかへ、「如く」とか「如きもの」とかを挿入して鑑賞すればよく判ると思うが、先の直喩の句よりは、読者の心に近いところで詠まれている。隠喩の一つの特長である。

私は最初に父の話す時に出て来る譬喩のことについて思い出を申し上げたが、父の句の中には譬喩の句はさして多くない。殊に『青き獅子』の初期などにはほとんどこの傾向の作品は見受けられないし、その後期の句の中にも、茅舎の句のようにぎりぎりの線でものを喩えたというような作品は全くない。夜半の譬喩の句というのは、そういう意味では、読者の心持を斟酌しての譬喩といえると思う。そこには説明を容易にする譬喩、いわば具象的な譬喩、情景を述べる省略手段としての譬喩、また作品の情緒を盛り上がらせるための気分的な譬喩といったものが多く、茅舎のように飛躍した観念的な譬喩はない。

秋の日に似て山櫻咲きにけり　夜半

冬の灯の親し冬日のある如く　同

どちらも直喩の句で、感じ取り方を喩えたもの。一句目は特に私の好きな句である。春爛漫と咲いている山桜ではあるが、その山桜の咲いている姿を見ていると、花の色、日の具合、まわりのたたずまいなどが、秋の日に似ているというのである。二句目よりは、少し譬喩の飛躍の度合が大きいと思うけれども、よく山桜の本質に触れて、読者の鑑賞の手助けとなっていると思う。

罠かけて獣のごとく立去りし　夜半
炭斗のごときものより種蒔ける　同

これらも直喩の句。共に人または物の姿を表わすのに、その時最もそれらしく見えたもので具体的に喩えたもの。獣に対して罠をかけた人物が、自身獣のような動作で立去ったというのは面白い喩えである。また炭斗のようなものから種を蒔いているというのも、いかにも種蒔らしい姿が彷彿とすると思う。

瀧水の遅るるごとく落つるあり　夜半
廓の灯たぬしむごとく海鼠賣　同

やはり直喩の句。物の状態、人の動作などを作者の感じ方によって喩えたもの。一句目はかの、

瀧の上に水現れて落ちにけり　夜半

と同時に発表された句である。滝をじっと見ていると、滝口を一気に落ちてきた水が、途中で離

れ離れになって、あるものは早く、あるものは宙にとどまり、あるものは少しずつ遅れながら落ちるような感じがする。「遅るるごとく」と見て、そういった滝水の感じが実にはっきりと描かれている。二句目も廓をゆく海鼠売の感じを、作者の心の側から喩えて見て描いたものであるが、十分に読者の共感を呼べる範囲で譬喩が止められてあることは注目に値する。従ってここには、茅舎の譬喩のような、豪快さや奔放さは見られない。然しその代りこれらの譬喩の用い方は、一般に真似をしても差支えない程度の用い方と言える。

『青き獅子』の中には、また隠喩の句もいくらか混っている。そしてそれらの句は、先の茅舎の場合と異なって、直喩の句よりかえって主観性が濃いように思われる。これは面白いことである。

歸り咲許させたまふ観世音　夜半

舞ふ雪や巫女の插頭の松を戀ひ　同

これらの句は一見擬人的な描写を、作者の主観でやってのけたという形に描かれているが、やはり隠喩の句で、「許させたまう如く」「松を恋う如く」というのが本当であろう。二句共にかくはっきりと主観的に述べきって、景色が適確に描き出されているのは注目してよい。

やはり『青き獅子』の中に、

山上憶良を鹿の顔に見き　夜半
黄檗のつくつく法師あつがりぬ　同
春山にわれこの塔を建立す　同

などがあり、隠喩の句と言えると思うが、これらの作品になると、作者の心が大分に昂っていて譬喩の限界にまでほぼ近付いたものと思われる。

以上いろいろの句について述べたが、譬喩は愉しいけれども難しいということを常に念頭に置いておくべきであろう。

36　句会の作法

句会は私たち俳句を作る者にとって、唯一無二の修業道場である。大会や祝賀句会、記念句会のように、社交的な目的を主として集まる会もあるにはあるけれども、そのような会であっても、かえって大きな試合に臨むといった真剣な心持がなくてはならない。殊に定例の句会は正に日々の練習道場であり、それに臨むに当っては、少しでも心にゆるみがあってはならぬ。かつまた、その一つ一つの句会が、それぞれ一期一会の出会いとなって、お互いを、また自らを磨き、後々にのこるべき作品を作り上げる機会をもたらすものであることを思えば、身近な偶会の一つといえども、なかなかゆるがせには出来ない道理である。ここでは初めて俳句を作られる人々のために、句会をどのように運営すればよいかということについて述べてみる。

(1) 句会場の選定

遠くへ吟行し、珍しい素材を求めて、人里離れたような所まで足を延ばすことは、たまに小人数の会では行われてもよいが、普通、月々の例会や折々の吟行会では、なるべく電車やバスの便利のよい、会場までに時間のかからない所が望ましい。俳句は道を歩いたり、乗物に乗ったりしている間にも、作れないことはないが、原則として動いている状態では、佳句をものすることは難しいから、出来るだけ早く、疲れないで目的地に到達出来ることが望ましい。また幹事が会場付近の名所古刹などを、遠足のように歩かせたり、バスで駈けめぐらせたりするのは、参会者に対して思いやりがあるようであって、かえって逆の結果をもたらすことが多い。参会者は疲れてしまう上に、心が散ってしまって、ゆっくり物を見て句を作ることが出来なくなる。遠出などするときは、予め会場をそれらのコース の中で、最も素材豊富な静かに落ち着ける一か所に定めて、そこへ集ってもらう方がよい。少なくとも出句締切時間の一時間半くらい前には、そういう場所に落ち着ける配慮が必要であろう。

定例の句会のように、いつも会場が定まっておって、時に素材に乏しいときには、世話方の心いれで、何か季節のものとか、季題につながるようなものを用意して、作句の手がかりになるように努める必要がある。これを見て作れというような露骨にではなく、さりげなく趣向の凝らされてある句会場というのはまことに心憎いものである。

句会場はそこへ行っただけで心が引きしまるような環境のところがよい。適当な所がなくて、ビルの一室を借りるような時であっても、少し心掛ければそのような雰囲気は盛り上げることが出来る。また俳句は、その時、その所に臨んだ心持の上に出来上るものであるから、会場は乏しいところよりもやはり何かにつけて豊かな所の方がよろしいと思う。贅沢になることは好ましくないが、暑すぎないよう、寒すぎないよう、茶菓に至るまで幹事の心配りの見える句会は楽しい。百人も二百人もの大会ならば知らず、十人や二十人の集りでは、自分でお茶を汲みに立ったりするのは、まことに感興のそがれるものだ。このあたりは世話方が犠牲になってとり運び、集ってくれた人々を優遇すべきであろう。

(2) 投句

句会で作る句には、兼題の句、席題の句、嘱目の句などがあり、また時として挨拶の句――存問の句――などを作ることもある。兼題は次の句会の日取が決れば、予め与えられる宿題であって、月一回の句会ならば、ほぼ一か月前にその日取と共に決められるものである。初学の間は兼題をもらったならば、よく心してそのものを見、季題について研究し、少なくとも句会へは三句位は自信のある句を携えてゆくのがよろしいと思う。これは万一句会に参ずるのに時間がかかったり、会場へ行ってからでも思うように句作の出来ないことが起ったりした時に、たいへん助かるものであるし、またそれらの持句があるために、初学の間は心にゆとりを生じて、当日出題の席題句や、嘱目句の句作に安心して取り組むことが出来るからである。

句会の投句は、最近普通の例会では一人七句、多少人数の多い時は五句、大会などの時には三句くらいが常識となっている。兼題句も作れており、席題句も、嘱目写生の句も作れて、みんな同じように自分で自信のあるときは、私は嘱目、席題、兼題の順に句をそろえて投句するのがよいと思う。その順に参会者の注意が払われているので、選のときに共感を喚《よ》びやすいからである。しかし自信のあり方の違う時や、人に成否を是非問いたい作品がある時は勿論話は別である。

投句の短冊を手にしたときは、あたかも真剣勝負に臨んで刀の鞘を払った時のように、おのずから心が緊張し、また無心の境地に入るものである。従ってこの短冊は良質の紙を、美しく裁断したものであることが望ましい。戦後物資不足の時は、いろいろ廃物利用的な短冊が用いられたが、今はもうそのような時節ではない。鉛筆やペンで書くことの多い昨今では、良質の洋半紙を裁断した程度のものが無難であろう。

短冊に書く文字は絶対に楷書でないといけない。楷書をしっかりと書くということが、とりもなおさず自らの投句の誤記を防ぐことにもなるし、清記者への礼儀ともなる。短冊に書いた句は、書き上げた時に一度、短冊を投ずる時に一度、都合少なくとも二度は読みかえして誤りのないことを期することが肝要である。そして出来上った短冊は丁寧に四つ折にして投ずるのが普通である。

(3) 清　記

投句された短冊を、よく混ぜ合わせて、各人に分配し、定められた句数ずつを清書することを、一般に清記と呼んでいる。清記用紙は句会によっては罫を印刷した所定のものを用いるところもあるが、一般には良質の洋半紙を半分に裁断したものに、縦書にするのが慣例となっている。清記は丹念に短冊の通りを写すのが原則である。従ってやはり楷書が好ましい。原句の文字を間違いなく再現出来れば行書を用いることも許されてよいとも思うが、自分の調子に乗って漢字をくずすことはよろしくない。清記は一句ずつ書きながら短冊と照らし合わせて点検すると共に、全部書き終えたあと、もう一度初めから短冊と読み合わせてみることが大切である。少し句会に馴れて来ると、自分勝手な粗雑な字を書きやすいが、よく心して出来るだけ美しく完全に誤りなく書き上げるべきである。

清記用紙の右端にわざわざ清記と書いてみたり、左下などに何某清記などと書く人がある。これは清記に際して心を正し、書き誤りのないことを期し、責任の所在を明らかにしようという積りであろうが、これらの文字は目ざわりでよろしくない。殊に清記者の署名などはきざにも感じられて、選句の時の感興をそぐものがある。何某清記などと書かれた清記が汚かったり誤っていたりすると、全くやり切れない感じがするときがある。それだけの責任感があれば、もう一度見直して見る方がよいと思う。

清記をする時に、会者の数が十分であるにも拘らず、同じ人の字の短冊が二枚以上かたまって配られることがある。このような時は、出来るだけ他の人の短冊と交換してもらって、一枚の紙に同一作家の句がなるべく二句以上入らぬように配置することが大切である。

清記用紙は書き上げられると、一旦集めて番号を附して順に配られる。あるいはこれを省略して席順に鉛筆を廻し、番号を各自で記入する。かくして清記用紙は番号の順に、おのおのの手元へ廻って来るように送られて、いよいよ選句が始まるのである。

(4) 選　句

句会の楽しさは、自ら立派な作品を作り上げられるかも知れない機会を持つことと、人の佳句に接する機会を持つこととにある。従って修業道場としての句会では、一方においては作句の、一方においては選句の修業が、裏表なく同じ重さで励まれなければならない。しかしこのことはまま均衡を欠いて考えられ勝ちである。一般に作句には渾身の力を振り絞るけれども、選句はうっかりすると上すべりになることがある。作句の方は放って置いても力一杯になるが、選句の方は心を配っていても不注意になり勝ちである。このことはよく気をつけなければならない。

選句の時、清記用紙は番号の順に、自分の右手に座っている人へ廻す。この廻す速さは、速すぎてもいけないし遅すぎてもいけない。常に自分の手元に一枚の清記が来ていて、左右の人もやはり一枚ずつ持っているというのが理想的である。清記の文字の良し悪しに心が動かされることはあっても、俳句そのものの良し悪しを見誤ることがあってはならない。周囲の人々の選句振りがちらちら目について、それに心を惹かれてはならない。作句の場合と同じように、完全なる自我をもって、無心に精一杯の選句をするべきである。

選句は清記の廻るスピードに合わせながら、出来るだけたくさん目に止った句を書き止めてゆく。最後にその中から五句とか七句とか、定められた数に丸を附すか、他を消し去るかして終了する。人に迷惑をかけぬ時間があれば、選句を別紙に清書して出してもよい。

選句には選者の力倆が見られ、選者の個性が窺えなければならない。その人の俳句が伸びるかどうかということは、その選句を見れば大概見当がつくものである。

句会で参会者がお互いに選をし合うことを、互選というが、その互選を見ていると、およそ次の三つの型があることに気付く。第一の型は、自分の作句力に比べて、かなりそれよりも見劣りのする力倆で選句をしている人々である。第二の型は、ほぼ自らの作句力と同じ力で選句の判断の出来る人々、第三の型は、自分の作句力よりも、相当に上のレベルで選句の出来る人々である。

創作と鑑賞とが、俳句という文芸の世界において、どれがやさしく、どれが難しいとは、一言にして言い切りがたいけれども、まず一般によく勉強が行き届いていれば、やはり創作よりは鑑賞の方がかなり楽であると思う。俳句というような、極端なまでに短い詩においては、自分の作品の自選――良し悪しの判断――がいかに難しいかということから考えても、自ら作るよりも他人の作品を鑑賞する方が、判断を誤ることが少ないように思う。また人の作品の選をする時には、自分では作品に創り上げることは出来ないけれども、つまり自分の作句力倆では手が届かないけれども、自分のあこがれているところのものを、人が作って見せてくれるという有難い機会がある。また自分の力では思いも設けなかった新天地を人が展いてくれることがある。素材的に、感覚的に、表現技巧的に、このように多くの人々の多くの成果が、清記となって自分の目の前に廻って来るのである。

かく考えると、私は少なくとも、自分の作句力倆と同じか、またはそれ以上の選句力を持つということが普通であって、第一の型のそれ以下のところでしか選句の出来ない人々は、余程鑑賞ということに対して研鑽を積んでいただかねばならないと思う。およそ熱心に俳句を作り、作品を読んでいる作家ならば、まず自分の作句力倆よりは、遥かに高い水準で選句が出来るものである。たとえ自分よりは相当低いレベルの初心の会などへ臨んだ場合であっても、一句一句丁寧に鑑賞をして、それらの句がよし稚いものであっても、伸びる素質のあるもの、把えどころのあるもの、個性的なもの、素直なもの、といろいろの特質を発見して、選句全体として高度な指導性のあるものにすることが、とりも直さず高い水準の選句というものであろう。

普通初学の人々に選句をさせる時は、ともかく自分の好きな句をお採りなさい、というように助言する。作品が良いとか悪いとかいう判定は、五年や十年の年季の入れ方では、本当に正しくすることが出来ないのが、この道のさだめであろうから、好きとか嫌いとかで判別してもらう方が、より素直な選が、心を鎧わずに出来るというものである。またその選の結果にも、自らその人の好みとか、個性とかが表われて愉しい。選句はまずこの辺りから勉強に入るのがよろしいかと思われる。

ただこの好きとか嫌いとかいうことは、余り狭い意味で固執されてはいけない。俳句の好き嫌いの根底となるものが、大きく正しく培われておればそれでよろしい。が、まま作者自身の狭い見解の下で、古い句からの影響とか、生活環境とか、教養とかに、余りに拘束され過ぎた判断の上に立った狭い意味での好き嫌いに左右されることがある。これはよく気をつけて避けなければならないことであろう。作句力も選句力も、作者と共に日に日に前進しなければならないものであるから、やはり心を素直にして、何にでも応ぜられる態度が大切であろう。選句に際しては、特にこの柔軟な心がないと、人の作品の心持が、頭から判らないことになると思う。

また作句でも同じであるけれど、選句というものも、自分としては多少の危険を冒しても、新しいもの、個性的なもの、変化に富んだものなどに目を向けるべきであると思う。いたずらに危きを避けて通り過ぎていては、やはり進歩や発展は望めない。例えば平明ということは、何物にも代えがたく大切な俳句の要素であるけれども、たまにはそのようなことすらも忘れて、俳句を作り、選が出来るということがあってもまた愉しいことではなかろうか。

(5) 披　講

選句が完了すると、選句用紙を集めて、順次読み上げて発表する。このことを披講といい、それを行う人を披講者という。披講者は相当俳句の達者な人で、俳句を読み上げることの上手な、声のよい、訛などない人を選ぶ。選句用紙には選句者の姓号を最初に記すことになっているから、披講者はまず何某選――この際敬称は不用である――と読み上げて、そのあと俳句を順に読んで行く。読み上げられた句の作者は、はっきりと大声で雅号を名乗り、披講者はその句の下に作者の名を記入する。一人の選を読み終れば、最後にもう一度、以上何某選と読み上げて終るのが丁寧である。披講にはとり立てて順序というものはないが、普通、披講者の選句を皮切りに読み、互選を適宜読み上げ、次第に選者級の人々、最後に先生の選の披講を行うのが礼儀である。

披講は句会のしめ括りをするものであり、また作品の発表会とも言うべき最高潮の時でもあるから、披講者がどんな披講をするかということによって、その句会が緊張して楽しいものとなり、あるいは弛緩して退屈なものともなる。従って披講者はよく努力して、選句中にその日の作品の全部を覚えてしまうくらいによく読んで置く。清記の中で読めぬ字や難解な言葉があれば、選句中に人に聞いてでも確めて置く。もし選句の文字が読みづらかったり、誤記されたりしていても、惑わされることなく読み上げる程度の心づもりをして披講に臨まなければならない。披講は立板に水を流す如く、すらすらと淀みなく行われて、はじめて俳句会の興奮を盛り上げることが出来ることを銘記すべきである。

⑹　選　評

その日の句会を統べる選者――あるいは指導者――が、披講の後で、自らの選句を中心として、当日の作品の批評をすることを、普通に選評と言っている。選評は句会での勉強の総仕上げともいうべき瞬間であるから、しっかり耳を傾けて聞くと同時に、この間にいかに自分の選と、先生の選との間に開きがあったか、またその開きの因って来たる所はどこにあるのだろうかなど、いろいろ検討をしなければならない。

総じて俳句は独学的な傾向の文芸であって、手をとって教えてもらえることの少ないものに属する。しかしこの選評の時こそは、選者がその蘊蓄を傾けて、俳句の作法、鑑賞法について述べる唯一の時間であるから、この時の心構え次第では、随分俳句に対する力倆を高めることが出来るものである。選評をする方もまた、それによって自らの考えを体系づけることが出来る。従って選評をする方も聞く方も、この瞬間に精神を集中して、句会を終りたい。

⑺　句会の雰囲気

句会はお互いが作品をもって鎬を削る場に違いはないが、やはり一つの社交的な集いであって、終始極く自然な、なごやかな雰囲気の中で行われるべきものである。人を妨げない程度の、挨拶や談笑が行われることは別に差支えないばかりでなく、余りにも無口な、角張った会よりはかえって楽しいであろう。しかし出句〆切間際の熟考中の人に対して、無遠慮に話しかけたり、句会後で済むはずの雑用をもって、句作の邪魔をしたりすることは、いくら親しい間柄といっても、絶対に避けなければならないと思う。

厳粛な雰囲気の句会からは、厳粛な作品が生れるし、軽やかな談笑の中からは、軽快な作品が生れる。どちらがどうということもないが、句会の雰囲気というものは、どのような状態にあるにしても、やはり俳句をつくるための最良の雰囲気になっていなければならない。それは、会の主催者側の配慮でもあり、参会者側の心掛けでもある。

37 鑑賞

俳句を理解し勉強するために、俳句会を大切にしなければならないことを前章で述べた。そこでは自ら作句をし、人の作品を選ぶという二通りの方法で、おのれを反省しつつ徐々に前進する。もっとも俳句会でなくとも、自ら句を作り、人の句の選をすることは出来る。だが、独りのときは、他の人々との比較が出来ないために、作句も選句も句会におけるほど効果が上らないのが普通である。独りでいて勉強するとき、最も効率よく出来る仕事の一つは、佳句の鑑賞ということであろう。

句会で選句をする時にも、勿論鑑賞ということは必要である。鑑賞の力が適確十分でなければ、選を誤ること必然であるからである。しかし初学の間は、句会の席上で間断なく廻って来る清記を見ながら、十分な鑑賞をするということは、なかなか困難な仕事である。従って句会での選はうっかりすると上すべりになる恐れがある。よし上すべりというほどのことはなくとも、十分隅々まで鑑賞している暇はないと思う。このことを補うために、独りでゆっくりと、古今東西の人々の佳句を鑑賞することは、俳句の理解力をつけるためにも、作句力をつけるためにも是非必要なことである。

佳句鑑賞の楽しさは、逆に言えば選句という手間を必要とせずに、既に十分立派な作品に見《まみ》えることが出来ることにある。ここではどの作品も、皆作品の方から作者に話しかけて来てくれるものばかりであって、かえって鑑賞者の側が、どの程度のところでそれを受け止めることが出来るかということが問題である。

句会で選をする時は、作者は参会者中の誰かであるという他は不明であるし、その作品の背景となる要素は、割合に範囲が狭く、やや画一的である。それに較べて、作者のはっきりした古今東西の作品に接する場合には、それらの作品の背景をなす時代の動き、作者の置かれている環境、作者の経歴、素材や表現技巧の変遷、その他種々様々な要素が鑑賞の基礎として拡がりを持つ。従ってただ単にその作品が、俳句そのものとして、純粋にどの程度に高度な水準のものであるかというような鑑賞の仕方の他に、もう少し幅広く、その作品を取り巻く背景の中に遊んで愉しむことも、読者の勉強次第で可能になる。このことは古い作品などを鑑賞する場合に特に大切なことである。

作品を鑑賞する場合、普通にはすらすら読み流して行って、その中で自分の心を打つような作品に巡り合った時に、自分なりにその作品から受ける感銘に浸り、余情を愉しむというようなのが大方であり、このような鑑賞の仕方では、三百句や五百句の句集は瞬く間に読みおわることになろう。が、鑑賞を通じてしっかり勉強をしようという時は、このような気楽な読み方ではなくて、やはり一句一句、句評でも書くつもりの鑑賞の仕方をする必要がある。これでは鑑賞するために苦しむということにもなり兼ねないが、勉強という意味からすれば、いかに苦しくとも逃げては通れない方法である。私どもも常に経験するのであるが、作品を鑑賞して評などを書く場合に、その句の良さが十分に判っているような時であっても、なかなかずばりと焦点のあった評はしがたいものである。作品の核心に触れられそうでいながら、なかなかそれが衝けなくて、いつまでもその廻りをぐるぐる廻っていて、自分でもいらいらするようなことが多い。これはやはり俳句という極端に短い詩型から来る、まぬがれがたい因縁でもあるが、勉強と習得とによっては、かなり誤りのない鋭い鑑賞が出来るようになるものである。

考証的に長々と鑑賞文を書くというような場合を除いて、一般に俳句の鑑賞は長い必要はない。出来ればかえってなるべく短い鑑賞、あるいは短評でもって、その作品が価値づけられれば、それに越したことはない。ただ、もしそれが自分だけの鑑賞でなく、人にも読んでもらって判ってもらうような鑑賞文では、やや手数をかけて説明をしないと判りにくい。従ってある程度の長文になることは致し方がないが、そのような時でさえも、独断と饒舌は絶対に禁物である。やはり鑑賞の中でも、なお余情を残してものを言わなければならないのが、俳句の鑑賞というものである。

選句の時のように、その句が良いとか悪いとか、あるいは好きだとか嫌いだとかいったふるい分けをする際は、作者と読者との作品を通じての心の交流によって、割合に素早く判定が出来るものである。が、例えばその一旦佳しとした作品でさえも、さてじっくり腰を据えて鑑賞するとなると、どこかにしっくりしない所が出て来たり、考えている中に、初め佳いと思ったところが、かえって嫌みになって来たりすることがある。直感的な受け取り方と、時間をかけた批判的な受け取り方とでは、作品の感じが変って来ることもある。これもやはり俳句という文芸の一つの特質であろうと思う。

鑑賞が上手く出来るか出来ないかの岐れ目は、いかに作品に鑑賞の手がかりを求め得るか、による。この手がかりというのが、つまりは作品の持つ山の一角になるのであるが、最もその作品を際立ったものにしている要素の一つをまず発見して、その緒から鑑賞を進めて行くことによって、次第に作品の全貌、作者の意図するところの全体を掘り起すことが出来る。またこの鑑賞の手がかりというのが、ちょうど俳句の作り方の手順と同じであって、まず素材の面での手がかり、あるいは作者の感じ方、受け取り方、言い表わし方の面での手がかり、あるいはそれらがごく平凡であっても、作品全体の背景——作者をも含めて——の織りなす面白さ、などあらゆる方向から攻めて行く。そしてどこかに緒が見つかれば、あとはそれを手繰りながら、中心へ中心へと近づく。これが俳句鑑賞のまず普通の方法であろう。ごく短い一行短評などをする場合には、この手がかりとなるものを一言述べるだけで事足りる場合が多いのである。

38　遊びの境地

初心の間は、対象に取り組むにしても、またそれを表現するにしても、心にゆとりのあるはずはなく、ただ一心不乱に、真向から立ち向って行く。常に心は緊迫した昂奮状態の連続となって、出来上った作品はゆとりというものがない。ゆとりのない作品は味わいがなく、奥深さがない。

私は以前に間について述べたことがある。これは表現技巧上のゆとりの取り方のことであって、俳句の調子をととのえるために最も大切な要素である。間をもった表現によって、時間的な流れ、空間的な間合までが美しく醸し出される。また私は前にそぞろについて書いたことがある。これは表現以前の心の構え方について申し上げたのであって、素直な心を鎧うことなく、対象へ開け放って置いて、対象と心とがほとんど一体となって、自然に結合して作品になるといった境地である。

またそれとは少し違うが、心そのもの、芸そのものにおける遊びの境地といったものがある。

自ら芸を演じながらその芸の中で遊び得る境地、自ら俳句を作っておって、その俳句の中で遊び得る境地といったものが、名人上手になるとおのずから備わって来る。何事にしても、奥義に達した人の芸を見ると、終始息づまるような所作の連続ではない。またよしそのような緊迫した場面の連続ばかりの時でさえも、おのずから心にゆとりがあって、いわば心の間といったものが、芸に深い味わいを与える。この遊びという境地は、真実、芸の窮極の姿ではないかという心地さえする。

遊びの境地というのは、心を遊ばせるといった意識的なものではなく、自然と芸の中で芸そのもの、心そのものが楽しむといった態のものである。従ってその遊びは決してその芸や作品の趣を乱したり、弛緩させたりするものではなく、それあるがために、全体としての興趣が一段と盛り上り、味わいが深くなって、大きな感興を惹き起す。畢竟ものの上手にならなければ、そして自然に到達しなければどうにもならない境地ではあるが、早くこのような、いわば天衣無縫の構えの中に犯すことの出来ない作品が仕上る、といった境地に進みたいものである。

例えば、

書架静かなりし卯の花腐しかな　　夜半
ものの名の草の名のその破れ傘　　同
皺みたるところのありし實梅かな　　同

額の花すこし離れて日陰あり　同

などは、特に作品として高度なものであるとも思わないけれども、やはりどこかに上手の芸といった気品が備わっており、人の心を正面から衝くといった強さはないが、句の中に遊びのゆとりがあって、心にくい作品になっている。

またこれらの作と同じ頃に、

雪蓑といひ樏といひかなし　夜半
ちらつくといふ春雪に逢ひにけり　同
春雪と思ふ風花とも思ふ　同
そこはかとなく春めきぬ寒ささへ　同
身替りのなくて悲しも落椿　同
まことにも薹の立ちたる蕗の薹　同
姐被して啓蟄の庭にあり　同

などがあって、作者は自由自在に俳句を楽しみ、句の中に遊んでいるという感じがする。

虚子先生の「玉藻」へ寄せられた、「立子へ」という文章の中に、「無駄の必要」という短い一文があって、先生が新作能を試みられた時に、「筋書だけは出来てもそれに扮飾を施すことがむつかしい。実があっても花がない、筋書はあっても無駄がない」という欠点が生ずる。「無駄がなければ花がない。即《すなわ》ち扮飾というものが欠ける。このことは俳句にもまたいえることであると思う。」俳句にも無駄が必要であり、「無駄の必要ということが分ってくれれば芸術も大概分ることと思う。」と結ばれている。

いまここに申し上げた、遊びの境地というのは、虚子先生の無駄といわれるものほど、はっきりした概念ではないし、また少し意味合いの異なったものではあるが、やはり芸の味というか、面白さというか、円熟の極致には、ひたむきな中にも、作者の心のゆとり、一見無駄とも見えるような芸そのものの遊びがあって、はじめて真の味わいが生れるというものであろう。

39　言葉を生かす

俳句を作るときでも、文章を書く時でも、また話をするときでも同じであるが、言葉を生かして使うということはたいへん大切なことである。一つのものを描き、また一つのことを述べるのに、それに最もふさわしい言葉を選び出すことの難しさは、誰しも常に経験することである。また、その選ばれた言葉につづく次の言葉、またその次の言葉と、次第にお互いに関聯《かんれん》し合いながら、強め合い生かし合って行くように使われて、ほんとうに言葉が生き、描き上げられたものが生きる。これはなかなかに苦心の要る仕事である。

ずっと以前のことであるが、住吉神社の夏越の祓の神事を見て句会をした時に、

青麻の幣のしほれて夕祓　　比奈夫

という句を作ったことがあった。瑞々しいはずの青麻の幣が、七月も終りの日にさらされて、しおれ果てて夕祓の儀式が行われていることに、一抹のあわれを感じて出来た句であったが、父から、「青麻といふやうなみづみづしい言葉を選びながら、これをしほれさせて了つたのでは、折角の感じを打消して惜しいと思ふ。事実は青麻のしほれてゐるところを見たのであらうが、一旦青麻と詠み出したからには、最後までその語感を生かすやうに詠み上げねばいけない。」と強く言われたことがあった。このことは父の文章となって「諷詠」八十七号に「その時の話」として掲載されている。同じ情景を詠んだ素十の句に、

青麻の夜の祓の美しき　　素十

というのがあることを後になって聞いて、さすがに言葉が生き、景色が躍動するように描かれていると思って感じ入ったことであった。

それならば萎れたものや汚れたものを詠んではいけないかといえば、決してそうではない。同じしおれた景でも、しおれたというような言葉でなくもっと生きた描写があるであろうし、汚れていても、例えば泥がはねているといったようなはっきりとした清潔な描き方があろう。従って

そのようなことに余りこだわり過ぎることはないけれども、やはり作品は出来るだけ美しく、品よく、素直に、清潔にと、良い方へ良い方へと心掛けるべきである。詠い上げる対象と共に、言葉もその心構えで選ばれ、生かされなければならない。前掲の青麻の幣がしおれるというような言葉の使い方は、最も損であって、もしどうしてもそのような取り上げ方しか出来ない対象であるならば、もはや見逃してしまう方がよろしいかと思う。

私ども俳句を作る者にとって、最も大きな働きをし、大きな広がりを持つ言葉は季語である。季語には日本の風土を基に、古くから積み重ねられた数々の背景があって、一つの季語が何百字もの重みを持つ。またそれ程ではないけれども、私どもが俳句に用いる言葉にも、相当の深さと拡がりを持つ言葉がたくさんにあって、それらが生き生きと相伴って使われて、はじめて見栄えのある作品が生れる。いずれにしても、私どもは季語に敏感であると同じく、言葉に対して十分に敏感でなければならない宿命を負っていることを、しっかりと心して置かねばならぬ。

40　格調の高い句

格調が高いというのは、和歌俳句などで、品格があって調子の高い作品のことをいう。品格ということについては、既に何度も申し上げた。虚子先生もその俳話の中で、二章にわたって品格について述べられて、俳句の如き短い文芸にあってはその品位ということが大きな権威を持つこと、また品というものはその人の持って生れたものながら、また修練によっても得られるところのもので、その志すところによって左右されると教えられている。

また谷崎潤一郎もその『文章読本』の中で、「品格について」という一章を書き、「品格と申すのは、言ひ換へれば礼儀作法のことであつて、これは窮極精神の発露であるから、外形を整へるばかりでなく、精神を涵養しなければならず、またその精神といふのは、優雅の心を体得することに帰着するのである」という風に述べている。

品格についても14章で詳述したので省略するが、俳句を作る場合の、素材の選び方、発想の仕方というような、表現以前のところでは、この品という問題は、やはりその人その人の持って生れた素質や、生活環境などによることが多いように思われる。しかし描写の方法とか、前章で述べた言葉の使い方というような点になると、これはほとんど修練によってどのようにでもなるものである。この点からも、言葉の選び方や、言い廻し方を習得することはゆるがせに出来ない。

調子が高いということは、作品に張りがあることを言う。もっともこの調子が高いための第一の条件は格が高いということ、品があるということであって、品格というものを度外視して、調子の高い作品というものはあり得ない。しかしもし逆に、素材や発想の面で品のよいものであっても、表現の在り方で調子が高まらなくては、せっかくの品を殺してしまう恐れが十分にある。つまり格と調というものは、ものの表裏のようなもので、実は一体でなければならないのである。

調子というものは、やはり言葉に左右されることが多い。また言葉の組合せ、従ってリズムに支配されることが多い。切字の用い方もまたこの調子に影響することが多い。や、かな、けり、などという、はっきりした切字を用いた句は、自然と張りの高い句になる。また名詞で止まる句よりは、動詞で止まる句の方が、一般には調子が高くなる。また調子は言葉の響きに左右されることも多く、同じことを同じような叙法で言ってみて、よしそのリズム感まで同じであっても、歯切れのよい響きの言葉を使うか使わないかによって、随分調子の高さに違いが生れるものである。例えば、

登山靴慌しくは穿かぬもの
登山靴慌しくは紐結はず

という二句を較べてみると、一句目は少し感情に曲折があるが、二句目の方がより写生的であり、かつ調子が高いことに気付かれるであろう。これは名詞止めと動詞止めとの違いだけではないが、まずその辺にも大きな原因の一つがあると見てよい。また例えば、

伴奏にのみまはりゐる蟲のあり
伴奏にのみまはりゐる蟲一つ

という二句を較べてみると、今度は前の場合と異なって、名詞止めの二句目の方が調子が高いことに気付かれるであろう。これは一つといって対象を限定し、写生の焦点を合わせたこともされ

ながら、「のあり」という言葉の響きと「一つ」という言葉の響きから来る違いによるところが大きいと思われる。言葉の斡旋、推敲には十分心を用いなければならない。

41　存問の詩

俳句を作るには、品格の高い句を作れとか、美しくものを見よとか、優しい心を持てとか、いろいろに言うけれども、さてそれでは作っていけない句があるかというと、普通にはそういう束縛をしない方がよい。どのような素材とでも取り組んで、どのような表現の仕方をでも試みてみるということは、よしそれが失敗に終ろうとも、試みないよりはよい。ただ心掛けて、作らない方がよい、あるいは作ってはよろしくないという句はある。俳句は存問の詩と言われるほどに、会衆の挨拶的要素が強く、また祝句だとか、悼句だとか言って、挨拶専用の句を作ることも多い。そのようなときに、例えば人々が不快を覚え、あるいは不吉を覚える句、お互いに人を疑い探るといった気を廻さねばならぬ句、人に迷惑をかけたり貶したりする句などは厳に慎まなければならない。何気なく作っても、結果的にそのようになることはやはり慎まねばならぬ。

『三冊子』の連歌についての項にも、

師のいはく「たとへば歌仙は三十六歩也。一歩も跡に帰る心なし。行くにしたがひ、心の改るは、たゞ先へゆく心なれば也」。発句の事は一座、巻の頭なれば、初心の遠慮すべし。『八雲御抄』にもそのさたあり。句姿もたかく、位よろしきをすべしと、むかしより言ひ侍る。先師は懐紙のほ句かろきを好まれし也。時代にもよるべき事にや侍らん。又古来より新宅の会に、燃ゆる・焼くるなどの火の噂、追悼に、くらき道・迷ふ・罪・とが、船中に、かへる・沈む・浪風の類いむべき心遣ひと也。五体不具の噂、一座に差合ふ事思ひめぐらすべし。ほ句のみに不限、この心得有るべし。脇は亭主のなす事むかしより云ふ。しかれども首尾にもよるべし。客ほ句とて、むかしは必ず客より挨拶第一にほ句をなす。脇も答ふるごとくにうけて挨拶を付け侍る也。

というくだりがある。これは連歌のことではあるけれども、その心持は俳句についても同じである。ただ言葉の持つ意味合いの軽重、忌み言葉というようなものについては、今の人と昔の人とでは随分感じ方が違うので、一概に申しにくいが、心持はやはり同じであろう。

42　想の古い句

想が古いということをよく言う。句柄が悪いというのではないが、発想法が既に古くて、いわば言い古された考え方、言い古された技法の句といった意味である。言いかえれば新しい月並とでも言うべきであろうか。対象を写し取るということは、物と心との交流があって初めて出来ることで、しかもその心は、自分自身の心、それも今の心でなければならない。私たちが俳句を作り、物を写生しようという時であっても、必ずしも心がそれに伴わないことが多い。現在に立脚して、溌溂と、素直に、何にでも感応出来るような心が、充実して、物に対しているような時には、真実、新鮮な作品となって実を結ぶであろう。もし心がそうでなくて、何となく気の乗らない状態の時には、自分自身の句、また一期一会といった、その時に深く根を下ろした句は、なかなか出来ないものである。

そういった索漠とした心の時には、どうしても物の表面だけが、上滑りをしたように目に映るばかりで、対象と心の交錯が起らないために、言わば人の心を借りたような作品が出来たり、自分の心であっても遠い過去の心を基としたような作品が出来上ったりする。いつかどこかで、誰かが言い古したような句が出来るのが、こんな時である。これを想の古い句と言って、句柄は悪くなくても、現在只今の句でもなければ、その人自身の作でもないといった、中ぶらりんな作品で終ってしまう。

もしこのように、心が対象に乗り移らなくて、何としても想の古い句になりそうな時に、これを救うには二通りの方法がある。一つは表現の方法を思い切って変化させてみることである。古いことを述べた句でも、表現技巧の新しさによって十分味わい得る作品となるもの。また一つは、そういう発想を根拠として、見方の角度を思い切って変えて見ることである。野球で言えば直球の代りに、カーヴやフォークなどの変化球を投ずるようなものである。狙いは同じストライクであっても、随分趣が違うものである。

しかしいずれにしても、このような方法は消極的な逃げの手であって、やはり作品は、新鮮な素材に、新鮮な発想があって、はじめて真の佳句が生れる。想の古い句というのは、もはや作って見ても甲斐ないものである。

古壺新酒という言葉がある。虚子先生はこの言葉を度々俳句の作法の上に用いられた。俳句というものは、伝統に則った古い形式があって、いかなる場合でもこの形式は破る訳に行かない。五七五という形式、季題という束縛、その他にも細かく言えば、いろいろな定めがあって、まことに古めかしく、窮屈なように見える。しかしその中に詠み込まれる内容は、常に新しいものでなければならないというのが、この古壺新酒の教えである。私たち俳句に携わる者にとって、古壺はまことに魅力的であり、これに親しむことは比較的やさしいが、これに新酒を盛ることの難しさは身にしみるものがある。先生は俳句の道を踏み外さないためにも古壺ということを強調されたことと思うが、私たち古壺に惹かれて俳句にいそしんでおる者たちにとって、これは杞憂に過ぎない。いつまでも古い想にとどまって満足していることのないよう、大いに新酒の方にこそ心しなければならないのだ。

万国博覧会のマークが定められる時、最初亜鈴と球を配した珍しく新しいマークが、専門デザイナーの間から推されたが、大方の反対に会って、採用されなかったことがある。あの亜鈴型のマークは、今の論法から行けば、新しい壺に新しい酒を盛ったという感じがする。多分暫く見馴れればなかなか面白いデザインとして、世に残ったかも知れないが、新壺のために一般大衆から受けることが難しかったように思う。採用された五弁の桜を図案化したものは、今の論法から行けば、私には古壺古酒といった感じがする珍しくも面白くもないものである。ただその形も内容も古いものを、少し逃れるために、すべて円をもって構成してある。これは私が先に申し上げた想の古い句に、少し新し味を加えるために表現技巧を変えたり、デフォルメーションを加えたりする手法と同じである。但しこのようなものは、安定感があって、一時受けたとしても、長く見ているうちに、次第に見飽きてしまうのではなかろうか。着想が古いとか、発想が古いとかいうのは、やはり致命的である。

43　季題が動く

季題が動くということを言う。これはある句の中の季語を他の季語に置き代えても、同じ程度の重さで作品として成立するような時、この句は季題が動くと言って、嫌われる。

季題が動くのに、二通りの動き方がある。一つは、季に拘らず同じ種類の季語ならば何でも適合する、他の一つは、種類に拘らず同じ季の季語ならば何でも適合するといったものである。

俳句の本質から言えば、同じ動くならば、同一季節の中で動く方がまだいくらか許しやすい。

いずれにしろ、このような句が出来上るというのも、物と心との交流が完全でないので、つい皮相的な見方しか出来ないために起る、いわば怠惰の結果と言ってもよろしかろう。

一句が出来上って、ある物を写し取ることが完了したと想ったならば、もう一度よく見直して、まず同種——花ならば花、天文ならば天文——の季語に置き代えられるかどうかをよく検討する。秋の雲という季語で一句が出来たならば、それが夏の雲や、春の雲では絶対通用しない作品であることをまず確めて、季語の定着性を確める。次に同種ではなくとも、同季の季語で置き代えられないかどうかをもう一度確めてみる。例えば今の秋の雲で作った句が、秋の山、秋の草などでも通用するとなると、やはり季題が動く範疇の中に入るのである。

季語の動く句というのは、厳密に言えば俳句の中には入らないと言ってよいくらい、具合の悪いものである。つまり俳句で最も大切な季題をないがしろにしているからである。初心の間は、季題の本質が判っていないし、自然を見る目が浅いので、どうしてもこのような動きやすい作品の出来ることが多い。推敲の段階でよく心を配る稽古が欲しいと思う。ただ上手の人が、根気よく対象と取り組むことをしないで、このような作品を作ることは、許しがたいことである。

44　季語の定着

前章で季題の動く句は、作品として価値のないことを申し上げた。私たちは季題を大切にするために、自分の句を推敲する時でも、初学の人の句を添削する時でも、大体一句にまとまったものに対しては、季題に対しては手をつけないことを原則としている。つまり季題は絶対であるとして、それ以外のところを推敲するのが普通である。しかし今でも一つの構想の下に、いろいろな季題を持って来て、作句していると思われる人々があるし、古人もこの季題の定着性については、種々心を痛めている。一例として『去来抄』から有名な一文を引用しておこう。これは芭蕉がいかに季語の動きを気にしたかが判る一文で、たいへん面白く示唆に富んでいる。

行く春を近江の人とおしみけり　ばせを

先師曰く「尚白が難に、近江は丹波にも、行く春は行く歳にも、ふるべし、といへり。汝いかゞ聞き侍るや」。去来曰く「尚白が難あたらず。湖水朦朧として春をおしむに便り有るべし。殊に今日の上に侍る」と申す。先師曰く「しかり。古人も此国に春を愛する事、おさ〳〵都におとらざる物を」。去来曰く「此一言心に徹す。行く歳近江にゐ給はゞ、いかでか此感ましまさん。行く春丹波にゐまさば、本《もと》より此情うかぶまじ。風光の人を感動せしむる事、真成《まことな》る哉」と申す。先師曰く「汝は去来、共に風雅をかたるべきもの也」と、殊更に悦び給ひけり。

ここで先師というのは芭蕉であり、芭蕉がこの春惜むの一句について、尚白が申し立てた異議——つまり季題の定着性に対する非難——に対して、去来の考えを聞いて、大いに喜びかつ安心している様子がよく描かれていて面白い。

一方やはり同じ『去来抄』など、蕉門の当時の俳論の中には、この句では季題をこのように変えた方がよくはないかといった論議が、ところどころに出て来る。このことも俳句に対する、また季題に対する探究欲と片附けてしまえばそれまでであるが、現在の私たちの俳句の作法から言えば、少しく邪道に入るものであろうと思う。私たちの立場からすれば、やはり季題があって事柄があるのであって、決して事柄が先で季題が後であるとは考えられないからである。

昔から俳句の面白さの大半は、付け合わせの面白さにあると言われているが、この付け合わせに余り熱中すると、季題と物または事柄の重さが半々になるような、誤った感じに陥りやすい。よし付け合わせの面白さを強調する時であっても、やはり季題優先が当然であり、出来上った句の季語を推敲途上で変えてみようというような心持には到底なれないものだ。

特に初心の間は、季語、季感を最も大切にしていただきたいと思う。そして推敲はそれらのものがよりしっかり定着する方向に向ってしていただきたい。

45　癖のある句

個性が、文芸の世界、あるいは一般に芸術の世界において、いかに大切であるかということは、今まで度々申し上げた。俳句の世界においても、作者の個性が確立されていない作品は、作品としてまことに影が淡く、味わってみて興味がない。先に「季題が動く」ことについて述べたが、この個性がないということは、言いかえれば作者が動くということであろう。季題の動く句は、はっきりと判るので、作品としての良し悪しが明らかに判断出来るが、個性のない、いわば作者不在の作品は、作者名が分らない句会の席上などでは、紛らわしくてちょっと判断がつきがたいものである。しかし句集であるとか、投句であるとか、作者の判明している作品の中に、個性的でない作品が多く混っていたりすると、まことに淋しい心地がする。

俳句などは、言葉数が少ないので、少し馴れればどんな風にでも作れるように思えるが、中に盛られる内容も、外を包む外観も、やはりその作者自身のものでなければならないと思う。これは是非初学の間からその心掛を常に持って、自分と他人との区別をはっきりさせることに心を用うべきである。

模倣ということがある。芸事の稽古はまず手本となるものの真似から入るのが常道である。舞や踊のようなものにしても、書とか画とかいうようなものにしても、最初はまず教えられた通りに模倣することから稽古が始まる。舞とか踊とか、あるいは能とか歌舞伎とかいった古典芸術では、その伝統を継承する事が最も大切な要素となっているので、この模倣の稽古の期間が非常に長い。書や絵画なども、昔はそれに近かったけれども、最近は型にはまらない、個性を自由に生かすという方向の稽古が早く始まるようになっている様子である。

しかし俳句では少し感じが異なる。五七五という詩型については、模倣というよりは馴れる勉強をするという方が適切であろう。このリズムは私たち日本人にとって、物を言う上で、一つの典型的な、伝統的リズムであるから、今更模倣するというのではなくて、そのリズムで物を言うことに馴れればよい。いわば字を書くために筆を持つのと同じである。その筆自身が五七五という形式であって、いわば道具のようなもの、つまり模倣以前のものである。俳句の勉強でまず模倣から入るものは、言葉と言葉遣いであろう。俳句に用いてよい言葉や言葉遣いと、用いてはぶちこわしになるそれとがある。必ずしも古くから使いこなし、使い古された言葉がよいという訳ではない。現代の言葉の中にも、新鮮な、しかも十分俳句に使って効果のある言葉がいくらもある。古句を読み、現代の佳句を読んで、それらの言葉を習熟し、それらの使い方を真似て、自分の句を作ってみる。この練習は暫くの間、あるいは人によってはかなりの期間必要である。

次は季題。季題となる対象は、本当は自分自身の心と目で、その深奥を窮めなければならないものであって、それが真実俳句に携わる楽しみの根底となる。初学の間は、これらの季題の扱い方、感じ取り方について、先人の歩みの跡をしっかり学び取り、その感じに倣って作句に励むことが必要である。季題がどのように開発され、研究され、現在どのような拡がりがその言葉の内に、包み含まれているかということの理解、そして自分も一旦はそうして理解した季感の上に立って、先人に倣って句を作ってみるという稽古である。初学の人に歳時記をよく読まれることをお奨めするのは、実はこのためである。

このような模倣から入って、最後には、発想の方法とか、表現の技法とかの模倣が始まる。これは自然、自分の好きな先人や、指導者、先輩などの模倣をするということに落ち着く。この最後の模倣は、あまり初学の間は難しくて出来ないもので、少し俳句に熟達して来てはじめて可能になる。だから、稽古として真似ているのか、真似ることに溺れてしまって、一生真似て通すようになるのか、はっきりしないことが多い。ここに一つの問題がある。

以上申し上げたような、俳句の模倣的稽古というのは、出来る限り短期間に切り上げる方が賢明である。但し、たいして稽古をしないで切り上げるというのではなくて、短期間に十分みっちりとつめ込んで稽古してしまうという意味である。いわば日夜研鑽、休みなしで勉強したいものである。そしてほぼ俳句らしい俳句が作れるようになった時、出来るだけ早い時期に真似は忘れ去ることである。

私が俳句を作り始めて二年目くらいであったろうか。句会は欠かさず、いつも二時間くらい前から、歳時記を携えて出掛け、じっくりと兼題や嘱目に取り組んでいた頃であったが、ある日父から、

「まだ歳時記を持って歩いているのか」

と言われたことがあった。私は歳時記に載っていることくらいは諳んじて置けと言われたものと思って、次の句会からは、少々不安ではあったが歳時記を持たないで出席することにした。私の新しかった歳時記は、その頃には既に表紙が外れるくらい、読み古されていたので、そんなものを持たないで歩くことが次第に心を軽快にした。このことは私に大きくプラスしたと思う。歳時

記の例句を諳んじているとかいないとか言うことではなくて、作句の時の、歳時記に対する依頼心を捨て去るということがたいへん進歩の上に効果があったように思う。それ以後これは余り賞められたことではないが、私は歳時記は余り見ない。歳時記という歳時記はほとんど座右に備えてはいるが、考証の時以外には開かない。

歳時記を持たなくなるまでの二、三年間で、私の虚子編や秋桜子編の歳時記は十年も使ったように汚れて摺り切れている。歳時記を持たなくなってからの私は、兼題の句より嘱目の句を数多く作るようになった。そして次第に句会場以外では作句しない怠け者になって行った。しかしそのために、私は人の句を頭に浮べて句を作るといった模倣的傾向の枠から、すっかり逃れることが出来たように思う。そして何でもいい、ただ自分の感じで作って見よう、人に遠慮をすまい、また父の句の真似はすまい、という気持が強く頭をもたげて来た。これが私の場合の、模倣的稽古からの脱出の時期であったのかも知れないと、いまひそかに思っている。

癖という言葉がある。癖というのも一種の特徴ではあるが、無くて七癖などと言われるように、悪い方の特徴のことであって、是正したくてもなかなか出来ないようなものを言う。人から見ても、個性というのは燦然と輝いて見えるけれども、癖というのは、暗澹として嫌みなものである。

俳句にもいろいろ癖のある句がある。また一人の作家を見ていても、いつの間にか悪い癖が出て来たようだといった感じのすることがある。癖のある句は、個性的な句と違って、人に嫌われる要素が多分に含まれているので、自然と淘汰はされるけれども、本人にはなかなか直せない場合が多い。

私は先ほども個性のある句でなければ、俳句でないような言い方をしたが、個性は、やはり自然にその作者から滲み出るものでなければならない。そして熟達の上で明らかな形を取るものでなければならない。無理矢理に個性的でないといけないと思って、心にわだかまりを生じたり、強く心を鎧ってしまったりすると、本当の個性というものは出て来ない。そしてこのような場合に、まま無理強いされた形で悪い方の癖が出て来るものである。個性を形成するというのは、ふだん、平常心の中に形成するのであって、作句の段階に立ち至って、急に力み返るのではないことを銘記すべきである。また力みかえれば必ず自分の悪い面の癖が出ることもよく心に刻んで置くべきであろう。

指導者の真似をする。好きな先輩の真似をする。もしそのことにのみ終始している間に、作句生活の大半を終るということがあっても、私は別にいけないとは思わない。少し惜しいとは思うけれども、人それぞれの行き方があって、楽しんで俳句に遊べるならば、それもまた結構なことであろう。玄人の作家という訳には行かぬかも知れないけれども、アマチュアとして楽しむにはかえってこの方が上達も早くて、危げもないからである。あるいは私どもも、このような行き方の指導をしている場合が多いのかも知れない。いわば少し暴言になるかも知れないが、「結社」としては動かないが、「結社」の中ではいわゆる「作者が動く」というようなことになっているかも判らない。しかし私はこのこともそれはそれでよいと思っている。先ほども述べた通り、指導的段階ではこのことはかえって必要だからである。

ただ模倣の段階において、よく注意しなければならないことは、いいところは真似て悪いところは真似ないということである。また模倣にもいろいろと変化がなければならないし、模倣をするには、する相手を十分に研究し尽すということが必要である。これらのことをよく省みないで真似をしていると、知らず知らずの中に、悪い方の真似ばかりをしているような結果になって、今度はその方からの癖が発生する。手本となる方の作家には、個性として輝いているような手法までもが、手本を見倣ったつもりの側には悪癖という結果になって現れるのである。まことに、つまらない事のように思われるが、実際このようなケースは枚挙にいとまなく起っている。少し難しい結論になるけれども、模倣的な稽古の段階においても、自分というものは、やはりある程度持たなければならないのではなかろうか。

最近、句会で、実に上手だなと思う句にも出逢うことが多くなった。同時に上手だけれども癖があってやり切れないなと思う句に出逢うことが多くなった。個性の凝ったものであろうか、模倣の凝ったものであろうか。いずれにしても癖であることに違いないと思う。

46　偶然の面白さ

構成的な俳句は、よしそれが写生的な技法で描かれてあったとしても、知的な組立によって作られるので、偶然性の面白さというものは求めにくい。しかし純粋な写生俳句においては、写生の句は勿論、よしそれが写生的技法を用いずに叙されたようなものであっても、人の心と自然との、偶発的な出会いが描かれる。結果として、偶然の面白さが、いかに作品を楽しくし、また新しくするかは、既に私たちのよく知っているところである。

以前、私は今日の心ということについて述べ、俳句を作る上に、また対象と取り組む上に、最も肝心なことは、作者のその日その時の心の在り方であり、作者が心に映った対象を我として描くことであると言ったことがある。自然が刻々に移り変り、またこれを詠ずる作者の心の側も刻々に移り変ることによって、おのずから、より新しい作品が出来、より深い作品が出来、また十人十色の作品が出来上がるというものであろう。気取った言い方をすれば、空間を時間で裁断した断面の上に、その時その心の大勢の作家が散在していて、その一人一人が、また自然との出会いによって、虚心に写生をするというのが、現在私どもの辿っている写生俳句の方法であろうと思う。

このような作品の発生の仕方からすれば、心の側の偶然と、自然の側との偶然とが、時間を軸として種々の交り方をするのを、作者は自らの心の外に立ったような姿で、見守り、待ち設けていなければならないのである。これはまことに厳しい修行と言わなければならない。

ある句会の席上で、

冷房に開きて閉ぢし冷蔵庫　夜半

という句があった。この句の面白さはまさに偶然性の面白さであろう。第一の偶然は冷房下に、冷房下ということがはっきり意識出来るような環境下に、冷蔵庫が置かれてあったということであり、第二の偶然は、その冷蔵庫を誰かが開いて閉じたということである。開かれてただ閉じられた冷蔵庫というのは、冷蔵庫の役割を果しているようであって果していない。それが冷房ということと再び関わり合いを持つ。作者はこの偶然性を高く評価したわけである。この句ではあからさまに作者の心持は出ていないけれども、この時この場の作者の心持は写生、それも客観写生ということに対して、非情なまでの厳しさに徹していたものであろう。句の内容はさまで高度なものとは思えないが、この句が人の心を惹くとすれば、こういった偶然性の面白さと、それを捉えた作者の厳しい心の姿勢によってであると思う。

そして大抵の場合、偶然性で面白い句は、自然の偶然の上に、作者の心なり立場なりの偶然が少し顔をのぞかせるほどのものであるが、実際にハッとするほど偶然性の面白いのは、ここに掲げた作品のように、対象自身の偶発性を、作者が目立たない所から、はっきり受け止めた作品なのであって、いわば純粋な客観写生の作品で、余り技巧的でない句であろう。

晝寝する我と逆さに蠅叩　虚子

川を見るバナナの皮は手より落ち　同
桐一葉日當りながら落ちにけり　同
遠山に日の當りたる枯野かな　同

など古い句ではあるが、作品の成立の源が、偶然性の面白さにあること、そしてそういう偶発的な対象を捉えることの出来た作者の心の在り方が、強く鑑賞者の心を惹く。後の二句は前の二句ほど偶然性が高くなく、必然性の方がより高いようにも思えるが、それは季題との密着性が高いために、年月を経た現在になってそのような感じが濃くなっているのである。やはり作品の出来た時点においては、かなり偶然性の高い作品であったろうと思われる。

47　題詠と嘱目

題詠というのは兼題とか席題とか、与えられた季題を基にして作句をすることを言い、嘱目というのは、その場にありあわせて目に触れる景色の中に、季題を見出して詠み上げる作句の仕方を言う。このことは前にも述べた。

題詠では作句の課程において、最初に季題があるので、出来上った作品は、少なくとも強く季題と密着し、季感との関りも深くなることが多い。反面、頭の中で作り上げられることが多いので、古い季題趣味を出ない作品となってしまう危険がある。しかしこの点を克服出来さえすれば、季題との必然性、妥当性の面白さの自ら高度な、緊密な作品を作り上げることが出来る。

　嘱目の句はおおむねこれとは逆に、前章で述べた偶然性の面白さが主になる。気を抜いていると、季感の淡い、季題から浮いた作品が生れかねないが、このことが十分に克服出来れば非常に新しい作品を得、また季題や季感の新しい掘り下げも可能になる。私たちがどちらかといえば、嘱目で作ることに重きを置くのは、作品が陳腐になることを怖れると共に、前章で申し述べた時空の偶然性を重視して、その面から新しい境地を開きたいという念願からに他ならない。

　吟行に出たり旅吟をしたりするのは、人為的に自然との出遇いをこまやかにするためである。ここでは必ず対象との偶発的な、新しい関り合いが発生する。従って作句が非常に楽になる。その上作者の心持まで十分に昂っていて、どのような些細な触れ合いでも見落さない準備が出来ており、何よりも条件が揃っている。吟行での作品がおのずから生々しているのは当然のことなのである。

　題詠の句と嘱目の句がどのように異なって出来上るかということの例の一、二を、最近の私の句帖から拾ってみよう。佳句ではないが今まで申し述べたことが、幾らかでも当っていればと思う。


ふらここを立つて漕ぐにはまだ小さし　（題　詠）

草笛をいつ頃誰に教はりし（同）
薔薇垣の中の仕合せ不仕合せ（同）
日盛といふしづけさに似たるもの（同）
籐椅子にあるとき人に逆はず（同）
十薬の花明るさのなき白さ（嘱目）
黒揚羽生れて濃きもの濃くなりぬ（同）
遊船のガイド岩の名ばかり言ふ（同）
會員の自由にまかせ冷蔵庫（同）
鉢に植ゑられゐて茂りたきこころ（同）

発想の必然偶然というようなことだけに限ってみても、おおよその見当はつくというものである。

48 調子が悪い

星野立子編『虚子一日一句』七月二十六日のところに、

女涼し窓に腰かけ落ちもせず　　虚子

という句があって、その注釈の中に、虚子先生がこの句は調子が悪いと思う、直しようはないかと立子先生に相談をされたということが出ている。そう言われてみるとそのような心地もするが、結局は直しようがなく、そのままの形が面白いということになったのではないかと思う。このような楽しい作品が出来ていながら、調子が悪いと自ら感じられるところ、やはり先生は偉大であり、作品に対して極めて細心であられたと思う。

それではこの作品のどこが調子が悪いのであろうか。また先生が調子という言葉をどのような意味に使われたのであろうか。たいへん興味深く感ぜられるのである。この句を読み下して行って語呂が悪いとか、佶屈であるとか、旋律がおかしいとか、いわゆる調子の悪いところは全く見当たらないような気がする。それでは格調という意味かと言うと、この句、女が窓へ落ちそうな容《かたち》で腰かけているという構図は、必ずしも体裁のよい姿とは言えないかも知れないが、女涼しと上五にあるからには、決して卑しい容姿ではなく、浴衣着に団扇を持った風な、日本画的情緒があって、必ずしも格調が低いとは言い切れない。

そうとすれば、ここで先生が気にされた調子という言葉は、全体としての句柄というような意味ではなかろうかと思う。全体として調子よくまとまらなかったという心持であるとして、この御作をもう一度読み返してみると、難しいのは少し唐突に出て来る下五の「落ちもせず」という言葉であろう。この言葉はまことに巧みに女の姿態を描き上げてはいるものの、女性に対して用いる言葉としては少々粗雑である上に、最初から落ちる形であると決めてかかって、改めてそれを否定して描かれたところ、その辺りが先生のお気持に少々引っかかっていたのではないかと思う。私などは少し早口でものを言う方であるし、このような曲折のある表現の仕方の方をかえって面白いと思うが、もしも少しおっとりと物を言う方がよいということならば、「落ちんばかりに窓に腰」とでも置くべきであろうか。しかしそうなると原句の徹底した面白さが全く影をひそめてしまうのである。難しいものだと思う。

49　必然主義

みすず書房刊『現代俳句全集』第八巻1作者及び鑑賞篇の後藤夜半の項で、父は作者として、

写生を志す私は、或る場合は偶然を怡しむ偶然主義者であるが、多くの場合は偶然の中に必然を求めようとする偶然主義である。

と述べている。以前私は父の、

冷房に開きて閉ぢし冷蔵庫　　夜半

という作品を引用して、偶然ということの楽しさについてふれ、俳句の写生というものの根底には、必ず作者と対象との出合いにおいて、偶然という重要な要素が含まれていて、その偶然がなければほとんど写生は成り立たないようにさえ思われることを述べた。またこの例句については、「この句の面白さはまさに偶然性の面白さであろう。第一の偶然は冷房下に、冷房ということがはっきり意識出来るような環境下に、冷蔵庫が置かれてあったということであり、第二の偶然は、その冷蔵庫を誰かが開いて閉じたということである。開かれてただ閉じられた冷蔵庫というのは、冷蔵庫の役割を果しているようであって果していない。それが冷房ということと再び関わり合いを持つ。作者はこの偶然性を高く評価したわけである。」と述べた。

ここに掲げた父の文章の中には、「多くの場合は偶然の中に必然を求めようとする偶然主義」という、その辺の消息を伝えるに巧みな言葉が用いられている。ここに言う必然とは、俳句としての必然、即ち季語に定着し、作者と密着し、読者に感銘を与え得るような、一つの作品としての必然性のことである。この選択がなければ、いかに一見楽しい偶然との出合いがあったとしても、それは作品としてほとんど価値さえないものであるという意味であろう。ここでは偶然の中に必然を求めるというように述べられてあるが、あるいは俳句の成立の側から言えば、十分修練を積んだ作家においては、逆に「必然性のある偶然を求めて」俳諧の境地に遊ぶという方が適切かも知れない。季題に拘束され、定型や表現の方法その他いろいろの約束を持って生れて来た俳句を作り、なおその上新しく面白い作品であることが不可欠の条件であって見れば、写生における偶然というものは、すでに最初から俳句としての必然性の束縛を強く受けているものなのである。写生の成立は、私はこの必然性の偶然という形で行われる他ないように思う。

冷蔵庫の句で、冷房という環境下に冷蔵庫を発見したことは、一つの偶然であると述べたけれども、冷蔵庫は暑いところにあって役割を果していた昔と違って、現在では冷房の効いた場所にあっても不思議ではない。いずれも夏のものであって見れば、この偶然にははじめから一種の必然性がある。ただ大きな冷蔵庫のような冷房の中に、さらに冷たい小さい冷蔵庫が、清潔な白さで置かれてあったということが、作者に面白かった。同質ゆえの異質といった感じがして、偶然性の要素の方がより大きかったのである。そしてその冷蔵庫を誰かが開いてただ閉じてしまったという段になると、いよいよその偶然性は大きくなるが、そういう動作が、冷たいばかりに効いた冷房の下でなされたというところへ一巡して来ると、今度は作者の言う必然の感じが濃く打ち出されて来る。かかる過程で、この写生句は出来上り、作者の心を満し、読者に不思議な感銘を与える。

父は「偶然を怡しみ、偶然の中に必然を求める」というように、写生におけるこの重大な問題を、極く控え目な言葉で述べているが、写生の根本がこの偶然と必然の関り合いから始まるという考えは、もっと強く明瞭に理論づけられてよい。子規の句に、

鶏頭の十四五本もありぬべし　子規

というのがあって、『俳句への道』の中で、虚子先生がこの句について、

（この句《筆者注》）の如きは、病臥してゐて実際鶏頭を数へることが出来なかつたので、十四五本もありぬべしと言つたので、十四、五本位あるであらうと正直に言つたのである。

と述べておられる。この文章ではものを正直に見、正直に写すということが説かれてある。たまたま子規庵の庭に十四、五本と思われる鶏頭があったという偶然、しかも病臥中の作者がその数のおよそを覚えていてはっきりは覚えていなかった偶然が、さりげなくこの句をなさしめたようにも思えるが、この句ほど鶏頭という季語に必然的な定着をしている作品はないとさえ考えられる。というのは、十四、五本という一見心もとなげに把握された数が、実は鶏頭の花の一と叢にまことにふさわしい数であったということ、心もとなげに描かれていながら、実はまことに確かな把握の仕方であったということなのである。鶏頭の一と並びまたは一と叢を、数をもって描くならば十四、五本という他はないというのが、実は作者にとって必然のものであったのである。本当に庭の鶏頭を見て八、九本しかなかったとしたらこの句は出来なかったであろうし、またたとえ八、九本しかなかったとしても、病床にあって十四、五本と感じていたならばこの作品は出

来たであろう。

　先の冷蔵庫の句は、全く写生的に描かれてあるので、偶然性の面白さがはっきりと表面に現れており、必然性はほとんど作品の裏に隠されてしまっている。それは作品を分析して鑑賞してみて初めて判る程度で、作者の素材選択、表現技巧などの中に目立たないで隠されている。一方鶏頭の句は写生というよりは想像的な抒情的な叙法になっている。この句ではそういう形の上からの影響もあって、必然性の面白さの方が先立っているように思う。殊に「ありぬべし」というのは作者の不安定な想像のような形をとってはいるが、実際には「あるとすれば十四、五本が適当であろう」と言っているようにも受け取れる。つまり鶏頭というものを長年見つづけて来て、その本質の一つとして抽出された数がこの数であったのである。偶然の必然性というのは、少しあからさまに言えば、この句のようなところにあるのではなかろうか。このように言われてみて、私たちには庭先に咲いている鶏頭の花が目の前にあるような心地がするし、そうであって、この十四、五本という数が少しも気にならないのが不思議なのである。つまり鶏頭の花の一と叢は目の前にあり、十四、五本と言われながら、この度はその数が何本でも一向にかまわないような心地にさえなってしまうのが不思議なのである。

　偶然をたのしむということは、楽なことのようであって決してそうではない。作品の具えなければならない必然がよく理解出来、会得出来ていなければ、実は偶然にさえ巡り逢うことが出来ないのではないか。また父の言うように、偶然を楽しみながら、偶然の中に必然を求めるという境地もある。この境地はすでに相当高い境地である。また私が述べたように、作者なりの必然性のある偶然を求めるという行き方もあろう。いずれにしても偶然がなければ写生の楽しみはなく、偶然の中から作品となるべき真の偶然を発見するために、必然が必ず必要であるということは、まことに皮肉なことである。

50　客　観

『俳句への道』の中で、虚子先生は繰返し客観写生について強調しておられるが、その一章に、

客観写生といふ事を志して俳句を作つて行くといふ事は、俳句修業の第一歩として是非とも履まねばならぬ順序である。

客観写生といふ事は花なり鳥なりを向ふに置いてそれを写し取る事である。自分の心とはあまり関係がないのであつて、その花の咲いてゐる時のもやうとか形とか色とか、さういふものから来るところのものを捉へてそれを諷ふ事である。だから殆んど心には関係がなく、花や鳥を向ふに置いてそれを写し取るといふだけの事である。

併しだんだんとさういふ事を繰返してやつてをるうちに、その花や鳥と自分の心とが親しくなつて来て、その花や鳥が心の中に溶け込んで来て、心が動くがまゝにその花や鳥も動き、心

の感ずるままにその花や鳥も感ずるといふやうになる。花や鳥の心が濃くなつたり薄くなつたり、又確かに写つたり、にじんで写つたり、濃淡陰影凡て自由になつて来る。さうなつて来るとその色や形を写すのではあるけれども、同時にその作者の心持を写すことになる。

自分の心持を諷ふ場合にも花鳥は自由になる。

それが更に一歩進めば又客観描写に戻る。花や鳥を描くのだけれども、それは花や鳥を描くのではなくて作者自身を描くのである。

俳句は客観写生に始まり、中頃は主観との交錯が色々あつて、それから又終ひには客観描写に戻るといふ順序を履むのである。

というくだりがある。ここでは俳句作者としての辿るべき、理想的な道すじが、はっきりと判りやすく説かれてある。判りやすいと申し上げたが、たいへん興味深く、意味深い言葉で述べられてあって、読み味わう人々の経験や能力によって、いろいろの深さで汲みとれる教えである。

私はこの文章の、客観写生に始まって客観描写に戻るというところに深い感銘を覚える。そして初めの客観写生は全く手さぐりでの対象との対決であって、在りのままを見ること以外に、何の手立てもないのである。そこには確立された作者の心というものはないが、ただ見るという一つの力強い武器があって、先にも述べた偶然の面白さなどと相俟って、思いがけない佳作を成すことが出来ることがある。

このような興味の繰返しによって、作者の初心が形作られてゆくのである。また最後に戻りつく客観描写というのは、もはや主客混淆では飽き足らなくなって、俳句本来の姿に立ち戻ったといった、完成された形の客観描写である。それは作者の心のままに、自由自在になる対象を、心を沈潜した形の描写をもってうたうより、もはや他に俳句としての在りようがない、といったまでに厳しい姿の客観描写である。俳句として完成された姿というのは、この形以外にないというのが虚子先生の考えであり、私も近頃しみじみとそう思うのである。

自分の心持をうたう場合に花鳥が自由になるというのは、上手の境地である。花や鳥を描くのだけれども、それは花や鳥を描くのではなく、作者自身を描くのであるというのは、これは達人の境地であろう。俳句を作る以上私たちはいつまでも上手の境地に満足していてはいけないと思う。

51　抽象的描写

私は抽象画や前衛書道のような抽象美術が特に好きなわけではない。前衛の活花などはとりわけ難しくてよく判らないが、絵や書の中には興味を惹かれるものにも時に巡り会うことがある。抽象というのは、具象性のあるものの中から、人が頭で抽出し、構成し、まとめ上げることである。従って抽象的な客観描写というのは、それ自体大きな矛盾をはらんでいて、あり得ないことであろうが、客観的な描写の手法で抽象的なものを描く試みが出来ないかどうか。とりわけ俳句のように客観主義的な文芸において、最も主観の濃厚な抽象的な描写をして、人の心を捉えることが可能であろうか。また可能であるとすれば、どの程度の抽象性が許されるであろうか。というようなことに、私は以前から深い興味を持っている。

象を具えた対象を、極めて客観的に心の中――あるいは頭の中――で描き上げてみる。いろいろに描き上げられた対象の中から、対象の本質となるようなものを抽出してみる。単独に面白い抽象性もあれば、構成してみて面白いものもあろうが、次にそれを俳句の姿に、客観的な技法を用いて戻してみることは出来ないであろうか。そのためにはどの程度の具象性を加味すればよろしいであろうか。ある時は季語だけで足りることもあろうし、ある時はもう少し捕足的な具象性を必要とすることもあろう。そうした俳句としての範疇を破らないで、客観写生の手法を用いた抽象描写が出来ないものであろうか、と思う。あるいはそれは具象と抽象の中間に遊ぶ、最もつまらないものであるかも知れないけれども。

空間に端居時間に端居かな　　比奈夫
散るものを誘ふ碧さの冬の空　　同
釋迦の國金ゝを貴び涅槃像　　同
首長ききりんの上の春の空　　同

葉櫻にとどき日となり風となる　　同
物の音木下闇まで来て消ゆる　　同
風鈴の音の中なる夕ごころ　　同
對岸といふものありて蛇泳ぐ　　同
黒揚羽生れて濃きもの濃くなりぬ　　同
あやまちて片白草として白し　　同

などという句は、いくらか無意識の中にもそういう心持から出来上ったように、自分では思っているが、いまここに並べてみると、抽象的な描写ともまたちがうように見えて、甚だこころもとない感じがする。

52　さわり

日本音楽の用語にさわりという言葉がある。義太夫節の曲の構成部分をいうのが普通であるが、別に三味線や琵琶などの弦楽器から発する特殊な音及びそういう音を出す仕掛を言う。いずれも「触り」という語源から来ている。義太夫では「他流に触る」という意味から、曲中に他の曲節をとり入れたところを「さわり」と言ったが、現在では一般に、リズムのはっきりした、旋律的に美しい部分で、全体の中でいわゆるくどきのような聞き所や、眼目となる部分のことを言っている。

文章に山があるのと同じように、俳句にも山がなければ面白くないと言うことは、前にも述べた。そういう意味で、俳句にも「さわり」といった感じのものがあってよろしいように思う。ただ単に一つの山とか、見どころといった意味でもよろしいが、それよりも、もう一歩先のところの「さわり」という言葉の持つ、特有な感じの、工夫の凝らされたところがあってよいと思う。

ずっと以前に、久保田万太郎の俳句にさわりが多いということを、誰かが書いていたような憶えがある。またその後、俳句のような短詩で、さわりの部分が多いと、何となく句が卑しくなるのではないかと感じたことがある。しかしさわりというものは、さわりという程度にあって楽しいものである。

父の句にはやはりそういう心の綾と言葉との織りなす一種のさわりがあって、最近（晩年）の作品にはとりわけそのことが顕著なような気がする。私たち読者の側から見ると、相当な技巧とも受けとれる言葉が、技巧を凝らすという感じでなく極く自然に用いられていて、それが一句のさわりになっている。多分、もはや作者はそのことに、それほど心を砕いていないのであろうが、おのずからそういった句の姿になって、作者も楽しみ読者も楽しむといった作用をもたらすのであろう。

旅をしたり、珍しいものを見たりして、素材が新鮮なときは、とりたててさわりというようなものがなくとも、十分心を打つ作品が出来る。一方、身辺雑事の句を作るときには、この日々の心の綾と、それと交錯する言葉の綾とが、作品を価値づける最大の要素となる。次に例を一、二掲げてみよう。

ふたたびの雨の輪花の潦　夜半

花の潦という言い方は美しくて、人の心を惹くが、結局「ふたたびの」というところに、真似のしにくいこの句のさわりの部分が隠されている。

花の雨落花たしかに地に印し　夜半
ゆくりなき母子草にも涙して　同

などでは、この丸印のところが一句のさわりになっていて、情景を描写する以上に、読者に訴える強い感じがある。

めづらしい人と言はれて今日薄暑　夜半
はなびらを失ひしかば芥子坊主　同

何気ないこの丸印のところ、作者の独壇場と言えると思う。

53　花鳥に帰る

「客観」という章で、虚子の『俳句への道』の中の、

　俳句は客観写生に始まり、中頃は（筆者注、作者として育ちゆく中頃の意）主観との交錯が色々あつて、それから又終ひには客観描写に戻るといふ順序を履むのである。

というくだりの、客観写生に始まって客観描写に戻るというところに、私は深い感銘を憶えるということを申し上げた。

　昭和七年高浜虚子著で誠文堂から出ている『俳句入門』という小冊子に、当時「ホトトギス」誌上の俳句入門欄に掲載された、虚子はじめ諸家の俳句入門の手引ともいうべき文章がまとめられている。その中に、父の「花鳥に帰る」という一文が入っている。この文章は昭和六年頃に書かれたものであるから、今からでは、もはや三十六年も前のことになる。従って父の三十六歳の頃の文章であって、父の文章としては珍しく若々しい昂りで終始しており、また稀に見る論文調であり、あたかも青年の演説のような口調で書かれていて、読んでいて昔の父の姿が偲ばれ、ほほえましい心地さえする。

「ホトトギス」社の依頼でこの文章を書き上げたとき、父はこの文章を、当時中学生であった私に読んで聞かせたことを、今になって思い出す。その頃、私は神戸一中にいて、「雁来紅」という俳句会に入っており、訳のわからない俳句をひねったりしていた頃であった。だから花鳥諷詠などという言葉も、あながち他人ごととも思えなかったが、この文章を聞かされて、もう少しやさしく言えそうなことを、大人は随分難しく書くものだなという感じがしたことを思い出す。

しかしいまこの冊子を繙いて、私自身そのようなことを書かねばならぬ身となって読んでみると、この一文はまことに一分の隙もなく、花鳥諷詠の真の姿を説いた、まずは名文であるという感じがする。中に仏者における「見性」とか、「柳緑花紅」とかいう言葉と、俳句の花鳥諷詠の心とを結びつけた、父としての苦心の跡の見える論断が、あたかもこの文章の山のような形で出て来る。かえってそういった少し窮屈な感じのところを取り除いた方が、この文章は一段とすっきりするような心地はする。が、三十六歳という若さで、このようにはっきりと俳句本然の姿に理論づけを行い、それに一点の迷いも持っていない様子の父に、私は今更深い驚きを感じ敬慕を抱く。

父のこの「花鳥に帰る」という一文は、先の虚子の「客観写生に始まり、終ひには客観描写に戻る」という文章より、あるいは少し古いものであるかも知れないが、この一文は当時常に虚子が説いた「客観描写に戻る」ということを、はっきり理論づけ体系づけようとして試みられたものではなかろうか。

花鳥諷詠とは、俳句のこころであります。花鳥とは目に映ずる景色である、と先生は申されてゐます。それは単なる自然の景観ではなく、季感の頂きに立つところの自然の姿を指します。特に季感の頂きに立つといふところに重きを置きます。季によつて生かされてある自然であるがゆゑにであります。春の日の麗らかな貌、日溜りに眠る水鳥の姿、皆それぞれ季感の頂きに立つ自然の旺んなる姿であります。生きてをる自然の謂であります。

すでに目に映ずる景色であります。まづ自然の姿を見ることに発足します。或は見ることに始まり、見ることに終るのではないかとさへ思はれます。それほど見ることを重しとします。

夏山と溶岩の色とはわかれけり　左右

この句は、夏の山の草木の色とその一部を蔽つてゐるところの赭い溶岩の色とが異つて見えるといつたのであります。一応はそれでよろしいのでありますが、この句をじつと味つて見ますと、夏山と溶岩の色との区別が、はつきり作者の眼に映じてくるまでには、やや長い時間を経たものと思はれるのであります。或は眼に映じてゐたでありませうが、それがはつきり作者の感激となつて、現れるまでには、やや長い経過をとつたであらうと思はれることであります。

夏山と溶岩の色とはわかれけり

といふ表現は、殊に「とはわかれけり」といふ表現は、はじめから夏山の色と溶岩の色とは異つてゐると言つた言葉ではなくして、自分が夏山の風景を見てゐるうちに、二つの色がはつきりとわかれて来た、ますます判然としてくるのを感じると言つた言葉であると思ひます。即ちかかる景色は、自然の景色であつて、しかも作者の見ることによつてはじめて生れてきた景色であるといふことができます。作者が自然を正しく見つめてをる姿、時を逐つて作者の心に起り来たるところの感動といふものが、さながらに表現されてゐるところに、私は興味を持つことができます。特に作者が真摯なる態度で、自然を正しく見て居られる姿に襟を正します。

よく見るといふことは、自然を信頼することを意味します。反対に言へば、自分の心とか感情とかを恃みとしないことであります。飽くまで自然の流動の姿を恃みとすることであります。

宗鑑、守武以来今日に至るまで、すべての作家は、悉くこれ花鳥風月に心を労してをる人々であります。花鳥風月を愛好する念慮といふものは、今日の我々と比べて少しも変りはないのであります。之に就いて、先生は、

花鳥風月に心を労するといふ根本精神には変りはない。我等は今迄余りに月並俳人などを罵倒し過ぎた——梅室といふやうな人でも、直ちに之を罵倒してしまふ事ができないやうな心持ちがするのであります。とさへ言はれてゐます。

まことに彼の人々は、花鳥風月を愛好する熱情を蔵してゐたことは、我々と異ならないのでありますが、我々の如く花鳥風月を飽くまで信頼することをしなかつたのであります。

花鳥風月に心を寄せながらも、猶且つ自己の心情に深く恃むところありとしたのであります。即ち彼れの俳諧が、滑稽、閑寂の思想を旨とした所以であります。

今我々の唱ふるところは、花鳥諷詠であります。深く自然を観、流転窮まりなき自然の姿を写すことを旨とします。自己の心情を恃みとしないが故に、句のこころを花鳥諷詠なりと提唱することが出来るのであります。彼と我と、花鳥愛好の精神に於て変りはありませんが、唯彼れは自然の姿をよく見なかつた。それほど客観の事象を信頼することをしなかつた。といふことが、句のこころにかほどの距離を招来したことになるのであります。

仏者に「見性」の語があります。自然の本源を証見することであると聞きます。おそらく自己の心地《しんち》を見極むることであらうかと思ひます。例へば、もろもろの妄執を打破して了つて、無我の真理に到達するといふが如きであらうと考へます。これは句を作らうとして自然に対する場合、すべての既成の観念、感情を滅却し去つて、心鏡の明朗を期するところに相似してをります。

同じく仏者に「柳緑花紅」の文字があります。この意は、

唯柳は緑、花は紅、と感ずるところに、宇宙の本体を会得したと観ずるところがある。

といふ、先生の御説明に尽きてゐるかと思ひます。仏者が究竟の覚位に上らんとして、自己の

心情を一擲して了ふ、さうして仏果を得る、即ち宇宙の本体を会了するといふ辺の消息は、我々が心鏡を払拭して、胸をひろげて自然の風姿を見、自然の風姿を見ゆるまま見たままに句に描くといふところに甚だ似寄つてゐると思ひます。

心鏡を払拭して見《まみ》ゆる客観の事象といふものは、寸時も停滞しない流転窮まりなき変化の相を示してをります。私たちは、唯その自然の流動の姿を見、それを描く、次に自然の姿をより深く見、又それを描く、かかる修業を繰り返し繰り返して、おそらくは一生を捧げてもなほ足ることを知らないだらうと思はれますが、さうした不断の修業のうちに知らずしらず心の糧となるものがあり、次第に我等の心境が高きにうつるものであると、教へられてゐます。心を養ふといふことは、必しも我が心境を恃みとするところに得らるるのではなくして、自然に親しく見えるといふことによつて得らるるのであります。すくなくとも私は斯く信じてゐます。さきに見ることに始まり、見ることに終るのではないかと思ふと申しましたのは、少し偏つた言葉ですが、この辺の消息であります。

花鳥諷詠とは俳句の心であること、またこの道は、自然を見ること、季感の頂きに立った自然を恃みとすること以外に手立てのないこと、結局は見るということに始まって見るということに終るより致し方ないことが、一貫して主張されている。

もう暫く御辛抱を願って、終りまで掲載させていただこうと思う。前半で自然と心の対決の問題に真向から取り組んで、結局は見ることに始まって見ることに終るより方法がないと結論したこの文章は、後半では、そのための方便として、客観的描写という表現形式の必要を説き、その表現形式によってのみ花鳥諷詠が可能であると結論している。

さうした自然の流動の姿に心を傾ける、自然の姿に心を向けることによつて、新たなる感情の流転を誘発することができるのであります。私たちの既に懐いてをるところの偏つた感情、膠着した趣味といふやうなものは、払拭し去ることを望みますが、新たに誘はれて生じたかゝる感情は、頗る重しとします。

はじめに自然に接し親しく自然の姿を見るといふところは、自然を尊ぶと言へるのでありま す。次に自然の姿を見て、心に詠嘆の感情を起すといふところに至ると、感情を尊ぶと言へるのであります。さうして最後に、心に起つた感動を句に描く、句に描いたところを見ると、心の感動そのままではなくて、見たところの自然の姿であります。即ちここに至つては又自然を尊ぶと言へるのであります。

仮りに自然を色《しき》といふ文字で表はすとします。心を空といふ文字で表はすとします。自然に誘はれて心に感動が起る。即ち自然が感情に転化して、ただ一枚のものとなるといふところは、色は空なりといふ文字で表はすことができます。さうして空なり即ち心のままでは作《はたら》きを為しませんから、再び姿を借りて現れることになる、即ち俳句として再現される場合、見たところの自然の姿を描くといふところは、空は色なりといふ文字で表はすことができます。即ち空は色なりと、色に帰つて来なければ用をなさない、感情を尊びはするが、さらに自然を尊ぶといふところに帰つてきて、はじめて感情も生きてくるのであります。

諷詠とは心に起る詠嘆である、と先生は申されてゐます。花鳥風月にまみえて心に起る感情を指します。花鳥にまみゆることによつて生じ、再び花鳥の姿に帰るところの感情であります。即ち、花鳥に帰る――感情が再び花鳥の姿に帰る――といふところに、句としての表現の問題が生じます。

私たちの奉じてゐる客観的の表現とは、私たちの、花鳥にまみゆることによつて生れた感情が再び花鳥に帰つて了つた全き姿を言ひます。それは花鳥の全き姿であるがゆゑに、客観的描写以外の表現を以てしては、顕現することは出来ないのであらうと思ひます。まことに、おのづからなる表現の相《すがた》であると思ふのであります。

客観的描写は、花鳥諷詠の要求に深く根ざすところの表現の形式であります。客観的描写の表現を用うることによつて、全くその内容と表現とが一枚になりきつて了ふことができ、感情を詠はんとすれば、花鳥の風姿が具つてゐます。花鳥の風姿を詠へば、感情が裡に蔵されてゐます。さういふ状態にあります。さうして句の表面には、いつも花鳥の風姿が写されてゐます。即ち客観的描写が用ゐられてゐるのであります。

さうした客観的描写といふ句の姿によつてのみ、花鳥諷詠といふ句の心が明らかにされるのであります。ここに至ると花鳥諷詠といふ言葉は、もう句のこころばかりを指すのではなくして、さらに句の姿をも指すのであらうと考へらるるのであります。

——夜半——

というように結ばれているこの文章には、姿から入って、心に到り、心を描くに当って再び姿に戻るという過程が、徹底しすぎるくらいに説かれてあって心を打つ。やはり心をこめて自然を見るということ、その見た姿を客観的に描く以外に、自らを主張することが出来ないというのが、俳句本来の姿であり宿命である。

54　見えて来る目

やはり『俳句入門』の〝現代俳句〟という項で、虚子先生が次のようなことを述べておられる。

昔の俳句は心が先きで自然が後ちであります。
今の俳句は自然が先きで心が後ちであります。
昔の俳句は自力門の宗教のやうなものであります。
今の俳句は他力門の宗教のやうなものであります。

阿弥陀様たる絶対の自然は大いなる力を以て不思議な現れを常に目の前に示します。私たちは阿弥陀様を渇仰するやうにこの自然の現れを渇仰します。さうして敬虔な心とセンシブルな感覚とを以てこの自然現象に対します。

――虚子――

ここで先生が、俳句における、心が先か自然が先かという問題を、宗教の自力門他力門に結びつけて述べておられることは、たいへん興味深い。自然が阿弥陀様であるとか、私たちは阿弥陀様を渇仰するようにというところは、阿弥陀様を信じない人には少し反撥があるかも知れないけれども、自力門、他力門という喩えから結論された譬喩のつづきと考えていただき、またそれ以上に先生御自身の御信念と考えていただきたい。

現代の俳句がいわば他力門の宗教の如きものであって、自然を先にし心を後にするものであるという思想は、現代の俳句の在り方を教えるとともに、現代の俳句の繁栄をもたらす基礎となった考え方であろうと思う。前章に掲げた「花鳥に帰る」という父の文章も、結局はこの他力本願の教えを普遍したものである。

他力本願というのは、自然が不思議な力をもって自分の方から顕れて来てくれるのを、心をひそめて待つということである。この顕れて来る自然を恃みとして、心に生じ来った咏歎を、再び自然の姿に返して詠い上げる。それが、客観的描写であり、花鳥諷詠といわれるものの真髄である。他力本願は、それを譬えて言われた言葉である。

同じ意味で、私は物を写す場合に、意識して物を見ようとする目を持つよりも、自然に物の見えて来る目を持つようになりたいと思う。見るということは、自然という対象を恃みとすることであるから、とりも直さず他力門に相当するのであるが、その中でも、見よう見ようと努める目は、他力門の中の自力門であると思う。見ようというほどの強い意識下にではなくて、自然に対象が見えて来る目というのは、他力門の中の他力門であると思う。まことにはこの心底の他力本願の目を持つということが、俳句を作る者にとって最大の望みであり、この目が備わるということが、作家として最高の境地であろう。

初心の間は写生をすすめられると、一にも二にも写生で、一心に物を見ようと努める。このことは俳句修練の中で最も大切なことであって、心をこめて物を見ること以外に、自然との対決の仕方はないのである。先生が他力門を説かれた窮極の目的は、自然を見ようと努める目には、自然の方から心を開いて姿を顕わして来るという功徳があって、一見全く他力本願的に、見えて来る目を持つことが出来るということなのである。そして現在の俳句の在り方が、その見えて来る目に頼らなければならないことを説かれるための方便であったと思う。

見ようと努める目から、次第に見えて来る目に移ってゆくところに、俳句作家としての上達と、人間としての深まりがあると私は思う。父の、

瀧 の 上 に 水 現 れ て 落 ち に け り　　夜 半

なども、漠然と見ていたものが、急に向うからはっきりと見えて来て、自然の本質を現したという感じがするし、先の、

夏山と溶岩の色とはわかれけり　左右

なども、やはり見ようと思って見究めたものではなくて、次第に自然の方から歩み寄って来たという心地がする。と言って、見ようとする目がなければ、見えて来る目はないのであるから、俳句を作る時には、初め見ようとする目で自然に対しているうちに、次第に、見ようとする目が見えて来る目に変って来て、その状態で佳品を生ずるということになるのである。そうして、そのような修練を積み重ねているうちに、次第に見えて来る目に移行するのに、手間取らなくなって来るのではなかろうかと思う。

かく考えてくると、先生の他力門の宗教という文章はたいへん含蓄のある文章であることが判る。私たちは入門のときから、他力本願の教育を受けて来ている。が途中でやはりいろいろと迷いが生じて、自力本願の方へ進む人がある。それらの人々の中には、そのまま自力門の中に踏迷ってしまう人々もあり、また次第に悟りを開いて他力門に戻って来る人もある。現代的自力門宗徒になった人たちは、他力門に戻るには相当の苦しみがあることと思うが、自力門作品の苦悩に満ちた姿に対して、他力門作品の楽しさ溢れた姿を見れば、この復帰の苦しみなどは大したことではないと思う。私たちはしっかりした見えて来る目を持った、他力門宗徒でなければならな

い。ただ一つ他力門的仮面を被った安易幼稚な写生というのは、あるいは自力門よりも、もっとつまらないかも知れないということを、決して忘れてはならないのではないかと思う。

55 転結

古い言葉に起承転結というのがある。これは俗語としては、物事の順序作法というような意味にも用いられているが、もともと漢詩の絶句を組み立てる型式のことであり、第一句で言い起し（起）、第二句でその内容をうけ（承）、第三句で意を転じて発展させ（転）、第四句で結び（結）とする形のことを言う。第一句目の起と、第二句目の承は、多くの場合対句として、承の役目を果すと共に、もとの句にかかって起の心持を一段と強調する。

俳句は元来が俳諧連歌の発句として誕生したものであるから、絶句の起承転結流に言えば、起・の要素で成立っており、しかも相当高い度合に起・の心持が含まれているものである。連歌の発句として見るときは、特にこのことは重要であったと思われる。現在俳句が俳句そのものとして、五七五で完結された姿で作品として鑑賞される場合であっても、この俳句の生い立ちにかかわる、起・起という要素は全く拭い去ることは出来ないと思う。しかしいま見方を少し変えて、俳句を完成された一つの作品として眺めて見るとき、季語の偉大な役割を含めて、私は一句の中に、はっきり起承転結に近い姿を見ることが出来るような気がする。

五七五という短い詩型の中に、起承転結というような、しっかりと順序立てて組み立てられた姿を見るということは、実際には不可能に近いかも知れぬ。だが、起とか承とかいうような順序を度外すれば、どの作品にも多かれ少なかれ、これに似通った要素が組み合わされていて、一般に詩というものが読む人の心に入り込むためには、確かにこういった一つの手続を必要とするのではないかとさえ思われる。ある時は季語そのものが起の役割を果していることがある。ある時はその季語のもつ大きな拡がりが、承の役割にまで及んでいることもあろう。またある時は結は省略されて余情が結の役割を果していることもあろう。そう思って味わって見ると、知らず知らずのうちに、一句の中に起承転結の言葉の働きと、それに伴う心の動きを感じることが出来る。とりわけ転と結の面白さは俳句独自のものであって、多くの場合下五文字がこの役割を果す。もともと起というのは俳句そのものの持って生れた本質であるし、結というのは、俳句の性格として余り言いおおせることを好まないので、起のこころを承けて立つ承と、そこから一転発展的描写に移る転の面白さが、一句の味となるのであろう。

私が起承転結というような妙な言葉、とりわけ転結という文字に取り憑かれたのは、いつも虚子先生の作品を読むときに、他の作家の作品とひどく懸け離れた何かがあることに気がつくからである。先生の俳句の面白さというのは、言うまでもなく先生の天分資質のしからしめているところであるのは当然であるが、先生の発想の天衣無縫、大胆率直、広大無辺なことに加えて、句の姿にはっきりした転結の面白さがあって、この領域は何人も真似をしたり犯したり出来ないようになっている。私はいつも先生の作品を読むたびに、先生の頭の切れ味のよさと、心の深さとに感動する。

試みに、二、三の例について述べて見よう。

純白の朝顔もあり色の中　虚子
鴨を見に皆行きし留守ただ樂し　同
素十居を訪ひ秋日和安心す　同
春潮や和寇の子孫汝と我　同
彼一語我一語秋深みかも　同
鹿寄せの鹿歸りゆく鳴きながら　同
煮凝を探し當てたる燭暗し　同

これらの作品は手元の『虚子一日一句』の中から、ところどころ目についたものを引き抜いてみたのであるが、どの句を見ても、下五に到って趣一変し、興趣百倍、情景おのずから展けるの感がある。これらの句の多くは中七で軽い休止があって、切字に近い一と息を入れ、すかさず下五に到って趣を転じ、大きく情と景とを展開するという形になっている。この中七から下五へ到るところの句の形は、あるいは形としては真似ることが出来るかとも思われるけれども、この下五へかかっての、いわゆる転の仕方の心の飛躍は、普通には一寸模倣の出来ないもので、常人の駒の進め方よりは、一手先が読まれているという感じがする。

これよりは戀や事業や水温む　虚子

などにおける、「これよりは恋や」という起句に相当するところ、「事業や」と受けた承句に相当するところ、そして「水温む」と転じた転句と結句に相当するところ、まことに巧妙な構成になっており、とりわけ「水温む」と転じたところの味わいの素晴しさは何とも言葉に尽せない。

喜壽々々とやかましきかな笹鳴も　虚子

という句なども、この「笹鳴も」の巧みさには、うっとりさせられるものがある。こういう作品に接していると、まことに俳句の前途は洋々としていて、いくらでも楽しい作品が生れそうな錯覚に陥るのである。

56　助詞

文章でも同じであろうが、俳句は特に言葉数が少ないので、名詞や代名詞、動詞や助動詞のように、文章そのものの組立の基礎となる言葉もさりながら、それらを接ぎ合わせて、趣を発展させ、物と物との関係を明かにし、話し手の意志を聞き手に間違いなく伝える言葉、例えば副詞や接続詞、助詞の働きは重要である。また感動詞もそれ自体短い単語でありながら用いる環境によっては、それらと同じ強さを持つ。中でも俳句を作る場合に最も興味深いのは、一番短くてあまり意味のなさそうな助詞の使い方であろう。

助詞というのは、単独では文節とならず、また活用のない単語である。常に他の言葉のあとにつくことが特徴である。助詞に属する単語は、すべて、物、事柄、状態などをそれ自身で表わすものではなく、それらの対象の間の関係を、話し手がどう捉えたかを示すものである。助詞の大方は、句や文を組み立てるときの枠のような役割をするので、語形は短いが、そういう意味で大事な言葉である。俳句の場合は特に言葉の数が少ないので、作者の真意をはっきりと伝えるためにも、助詞の用い方を誤らないようにしなければならない。つじつまの合わないことを「てにをはが合わぬ」と俗にいうが、まことに言い得て面白い。

(1)「が」と「の」

助詞というのは一音か二音の単語であるので、その用いられ方も、同じ言葉でも文中出現の仕方によっていろいろの役割を果す。ここに掲げた「が」という言葉にしても、格助詞といって主格を表わす時、接続助詞といって二つの句を接ぎ合わせる時、終助詞といって文の最後に付けて用いられる時などがある。例えば「鳥が鳴く」は主格を示す格助詞であり、「梅が香」といったような場合は、体言と体言の間にあって所有格を表わす。「作ってみたがいい句が出来なかった」

という場合の「が」は接続助詞で、その前後に述べたところを接ぐ役目をするし、「行こうが行くまいがどうでもよい」というように使う場合には、やはり接続助詞ではあるが、「が」の後を表現せずに止めて、相手の反応を待つときや軽い感動を示すに用いる。「よきこともあらずもが」というように用いるのを終助詞といって、願望の心持を現わす。

「の」という助詞も同じように、格助詞、終助詞、間投助詞に用いられる。格助詞としての「の」には、前の「が」よりもなお幅広い役目を果す。「吉野の桜」「子の智恵」「紫の花」などと用いられる場合は、体言と体言の間に入って、上下の属性、修飾の働きをして、存在の場所、所有の関係、性質、名称その他の関係が示される。また同じような用い方でも比喩的に「花のパリ」というような言い方をする時もある。

みちのくの今日の林檎の花曇　虚子

における三つの「の」は、すべてこの種の格助詞である。また最も大きな役割として、あるものが次の文節の主語であることを示す「が」と同じく、主格を示す用い方がある。「母の縫ひくれし春著」という場合がこれに属する。この他には物を並べて「なんのかの」というように、また「……のもの」という意味で「こっちのがよい」というようにも用いられる。

谷の寺元黒谷の霞みけり　虚子

の「の」は、主格を示すものであり下に用言がつづく。また「やってみたいの」「行かないの」などは終助詞としての用例であり、「ね」とか「な」の代りに間投助詞として「町へ行っての、映画見て来たじゃ」といったふうにも用いられる。

私がこの項で述べたいのは、このような種々の助詞の役割の中で、主格を示す格助詞としての「が」と「の」の、一見同じでありながら、俳句で用いられる場合の響きや味の違いについてである。私は俳句を作りはじめた頃、父によく「の」を使いなさいと言われたものである。

まず「が」という言葉は、「の」という言葉より響きが固く、滑らかさがない。また下につづく動詞によっては、「が」は「の」に比べてより口語的に聞えて、格調の点で劣るときがある。滑らかさがないということは、リズムがその場所で切断されそうになることであって、使い方によっては主格を際立たせるのにかえって役立つこともあるが、大体は少し調子を高めすぎて、ぎくしゃくした感じにおわることが多い。初学の間はなるべく「の」と置いてみることが無難である。

白酒の紐の如くにつながれけり　虚子
吾がさがの子に似るあはれ大試験　よしえ
小波の来て泛子が立つ諸子釣　史湖
水取の鐘の聞ゆる泊りかな　行々子

わが好きの猫がをらぬや涅槃像　月　尚
春が手のとどくところに空の色　比奈夫
母がつけくれて長すぎ繪凧の尾　同

というように・印のところが、それらの使いわけに相当する。大概は「の」を用いて成功しているが、後からの三句は、やはり「が」といってみてかえって判然とする。「母がつけくれて」の句の「が」は句柄を優しくし、また「春が手のとどくところに」の句などはどうしても「が」でなければならない。ただ三句目の「小波」の句などでは、中七の「泛子が立つ」の「が」は必ずしも「が」でなくてもよいかも知れない。このような場合はやはり作者の好みというものであろう。

(2)　「に」と「へ」

同様に格助詞として用いられるとき、ほぼ同じように使われるものに、「に」と「へ」がある。「に」は動作や作用が及ぶ時間的、空間的、心理的な位置を静的に示す。「三時に出発する」というのは時を示し、「都に住む」「右に向く」などは場所や方向を示す。その他いろいろと用いられるが、その働きは大体静止的である。「へ」は「に」ほど多様には用いられず、動作の向けられる方向を示したり、動作の帰着する位置や相手を示すに用いる。「東へ百米行って北へ曲る」とか「対岸へ辿りつく」といった類である。同じように場所や方向を示すときに用いてみて、一方は静的であり一方は動的である。従って一方は時間的にも静止した状態で用いられることになり、一方は時間的経過を聯想させる役割を果す。この二つの助詞の使い分けはまことに重要であり、誤らないようにしたい。

春山に母先頭の一家族　島　清子
旅に出る心づもりの雛納　桑田　永子
湖の風湖へぬけゆく夏座敷　長内ふみを
鯛網へ渡舟も大漁幟立て　宇川　紫鳥
這入り来し人に一瞥ビール飲む　森本　穂積

「颯詠」の雑詠欄から目に止った句を引き抜いてみた。二、三、四句目は一寸うごかせないが、最初の句と最後の句は、「に」を「へ」にかえてみると、少し趣が変って来るのに気が付く。もしそのように変えたとすると、スナップ写真のような最初の句は、どちらがいいという訳ではないが、八ミリ映画にでもしたように、一家族が動き出す感じがする。同じように最後の句も、入って来る人が次第に近づき、椅子にかけビールを注文するような心地がして来るのである。一瞥がその方向へ動いてゆくからであろう。

(3)「は」

「は」もまたよく用いられる助詞である。「は」は係助詞といって、文頭に来る時は、物、事を他と区別して取り立てて示すのに用いる。俳句ではほとんどこの使われ方であるが、稀には文末に来て体言や連体形を受けて詠嘆を表わす。

萩を刈る用意は別にしてをらず　夜半

風強きときの尾花は寝るといふ　同

などは、物を特に取り上げていうのに用いられている。また、

まくなぎはをらず足蟄す蟲のをり　夜半

菜の花は生けて咲きやすかりしかな　同

などは、前と同じようにも見えるが、一つのものを他のものと対照して示すときの用い方になっているると思われる。一句目は、まくなぎと足蟄す虫との対比になっており、二句目は、菜の花を挙げて、菜の花でないものと対比してあるが、後者は俳句独特の手法で省略されている。また、

持ち寄りし中の涼しき花の名は　夜半

錦木の實もくれなゐに染まるとは　同

などの「は」は詠嘆の意を表わす。このように「は」は物を判然と際立たせる役目が出来るので、俳句作法の上でまことに有効な助詞と言わねばならない。

(4)「も」

俳句を作っていて、いつも使いたくなって止めるのがこの「も」という助詞である。「も」は余程上手に使わないと、嫌みとなり、退屈となり、理屈ぽくなる。しかしこの言葉が真の役目を果した時は、千万言の説明にも代る心地がして素晴しい。

「も」は係助詞の一つであって、大別して二様に用いられる。その一は、この助詞が付く語が、同類の物や事の中から取り出されたのだということを示すのに用いられる。従って同類の中から、一つを取り出して示す時と、同類のものを幾つか並べて示す時がある。俳句は言葉が短いので、並べるとしてもほぼ二つ、実際には並べることなく一つを取り出して、他を類推させる時が面白い。また「も」は不定を表わす体言に付いて、肯定文中では全面肯定を、否定文中では全面否定を表わす。「誰も」や「いずれも」などがそれで、強調の意味によく用いられる。他の一つの用い方は詠嘆や感動を表わし、強調したり語調を整えるに用いる。

青柿も青鬼灯もその如く　夜半

年頃も春著も老けしとにあらず　同

の「も」は共に同類を並列して一句を強調している。また、

別院も御堂まつりといふ祭　夜半

鬱々と牡丹もまた茂り合ふ　同

などの使い方においては、同類の中から一つを抽き出して描いて、おのずから他を聯想せしめるという俳句独特の手法となっている。この用い方はよく勉強して省略の一手法としなければならない。ただ同類までも描きたいときであっても、かえってそのものだけを描く方が、景色の判然とするときがままある。そういうときは、未練があっても潔く「も」を捨てて他の助詞を使わなければならない。

汗光り安全帽の光りけり　比奈夫

などでは「安全帽も」としたいところであるが、そうすると、一句が説明に流れてしまって、写生句として完全な姿にならない。このようなときには「も」を潔く捨てるのである。また、

物腰も菊の館の奥女中　比奈夫
風態も追儺の寺の篝守　同

というような描き方のときの「も」は、本当は他の同類を示す役割の他に、次に述べることの強調詠嘆の役割を果しているので効果的であると思うが、好みによっては「の」と置きかえてみて、さっぱりした句柄になることもある。また調子を強め感動を伝えるには、

雛あられ書も闌けしと思ふかな　夜半
静けさもいろいろとありフリージヤ　同
書道展よりも蒐めし雛の前　同

などがあるが、中には次のような特異な組合せで強調に用いるときがある。ただ余程調子を強めるのに用いるか、予想外にして妥当なものに用いないと嫌みとなるので注意しなければならない。

あからさまにも竝びたる蟻地獄　比奈夫
機嫌よささうにも蝶の飛ぶことよ　同
官衙街誇りやかにも冬木立つ　同

57　漢字と仮名

前章ではよく使われる助詞の用法について、少々肩の凝ることを述べた。文法のことは本当は大切であると思うけれども、書く方も億劫であり、読まれる方も興味の淡いことであろう。文法は法律のようなもので、法則の分析は出来ても、さてそれでは作句の手助けとしてどれだけ積極的な役割を果してくれるかというと、ちょっと疑問である。知っていなくてはならないけれども、知らなくても話も出来るし、文章も書けるからである。ただ俳句の場合は、字数の制限が重要な役割を占めるので、他のいろいろの言葉に較べて、助詞の果す効果が大きいので述べてみたのである。

また俳句では字数の都合で、文章の場合には当然なければならぬ言葉が省かれてしまうことがある。

洋裁部俳句部合同針供養　　桐谷　杜雨

などでは、名詞ばかりが並んでいて、仮名文字の入る隙間さえないのであるが、それで読者に十分景色を伝達し、その情景に寄せる作者の心持も伝達出来ている。それが俳句の楽しいところで、この作品などでは、やはり季題の働きが、その一切の省略を可能にしているものと思う。また、

避雷針古風春風古風かな　　比奈夫

などでも、切字の「かな」の他はやはり名詞ばかりの羅列であるが、省略された助詞や動詞は、言葉と言葉の間の小休止や大休止と、上下の言葉の関わり合いとが、自然と決定してくれるので、叙法として大した無理をしているようには感ぜられないのである。ただ俳句という伝統の古い馴染深い詩型であって、このことがはじめて可能なのであろう。しかしながらここで一つ注意して置きたいのは、そういう可能性に甘えて、誤った省略をしないように心掛けなければならぬということである。

日脚伸ぶことの子供の遊びにも

という句の上五は、文法上から言うと「日脚伸ぶる」と連体形になって次の名詞の「こと」に係らねばならないと私は思うのだが、俳句ではこの形で上二段、下二段活用などの連体形の「る」がよく省かれてある作品に出合う。これも俳句独特の省略として許されているようだが、潔癖なものには心持が悪い。時には口語と文語の交り合ったような妙な感じになることもあるし、時には終止形で一旦一と休みしたあとへ体言が来るといった感じにも受け取れるからである。この作品の場合は、「日脚伸ぶ」というのが季題となっているために、それを名詞的に取り扱い、

日脚伸ぶ（といふ）ことの子供の遊びにも

の意味に書かれたもので、括弧の中が省かれたと見るのが妥当であろう。が、一般には、

日脚伸ぶることの子供の遊びにも

の文法的誤りと思われても致し方ない危険をはらんでいる。ただ俳句では字余りが災いになることがあるので致し方なく省かれてしまう場合が多い。そのために作者も選者も何となくこの誤りを見逃しがちである。

同じ言葉を漢字で書くか仮名で書くかということの得失については、ずっと以前に何かで触れたことがあるが、これは作品を構成する上での作者の好みによって使い分ければよい。俳句は口に転ばして味わうと共に、目で見て味わうことの出来る詩である。これは十七音という短詩ゆえに可能な特長の一つであって、一つの作品が一と目で鑑賞出来る。活字になった場合は勿論、短冊や色紙に揮毫されたものでは、なおさら目で見る愉しさが大きい。漢字を使うか仮名を使うかの違いは、一にかかって、この目で見る趣の相違によるものである。

以前「玉藻」の座談会で、その時並べて投句した私の二つの句、

空の濃くなりゆく速さ夕ざくら　　比奈夫

生き生きとしてだんだんに夕櫻　同

について、同じ夕桜をどうしてこの作者は使い分けをするのだろうかというような話になって、結論なく終ったことがある。この二句の場合には別にとりたてて大きな理由がある訳ではないが、やはり一番大きな理由は、上から読み下ろして来ての字配りの美しさということであろう。一句目は上に漢字が多く散らばり過ぎており、二句目は上に仮名がつづきすぎている。また一句目は夕桜を描いてはあるが、空の色が主体になっているので、夕ざくらと柔い文字を使う方が効果的であり、二句目は夕桜そのものの姿を詠み下ろして来ている上に、それ自身動きのある形となっているので下五は漢字でしっかり締める方が落ち着くのである。これはただ私自身の感じではあるが、座談会で扱われたように、読者に伝わらなければ、致し方ないと言わねばならぬ。

会津八一の平仮名ばかりの短歌で、仏像を詠んだものなど、神々しいまでに美しく優雅に感ぜられるけれども、やはり俳句は漢字仮名まじりで工夫されるのが好ましい。

ぜんまいののの字ばかりの寂光土　茅舎
てのひらにのせてくださる柏もち　夜半
夜櫻のぼんぼりの字の粟おこし　同
ちりもみぢ手にいまぐまのくわんのん寺　同

などは・印のところが、平仮名で工夫されているのがよく判る。漢字の場合と異なった、ものそのものの感じ、前後の文字との関り合いの美しさを、よく味わっていただきたい。

58 類句

布引の滝を見て、徳光院での写生会で、

雨 後 の 瀧 水 少 き を 訝 し む

という句と、

雨 後 の 瀧 水 少 き を い ぶ か し み

という句があった。同じ状況の下で、同じような力倆の人が、同じものを見て作ると、時にこうした全く同型の作品が出来ることがある。句会では、このようなとき、まことに微笑ましい混乱が起る。この二句なども上五、中七は余りにもありふれた構想であるが、下五の訝しむというところへ来て、作品として十分の昇華をしていると思う。その訝しむというところまで、漢字と仮名、終止形と連用形の差はあっても、同じ言葉に逢着されたということは、やはりいつも席を同じうして作句している連衆にとって、習慣的用語法の中に入るからなのであろう。

俳句を作らない人々や、はじめて俳句を作る人は、よくこんなに言葉少ない詩型で、同じ句が出来ないものだと感心する。あるいはそういうものが出来るに違いないという不安感をもつ。十七音の順列組合せの数は天文学的の数字であると言ってみても、季題を詠み、いろいろの制約を受ける俳句であってみれば、自ら一句にまとまる十七音には限りがあることであろう。

　少し俳句に習熟して来ても、いつも頭を離れないのはこのことであり、また選者は選者で、より一層紛わしい類型句に悩まされるのである。先ほどの二句のように、吟行などに出かけて、ほとんど同じ条件で詠まれた作品が、力倆相似て同じ句になったりするのは、類句としても止むを得ない。本来もしその場にいずれか一人の作者しかいなければ、多分入選の句として残るであろうから、惜しいこととも考えられるが、同じ条件で同じ作品が出来る程度の句は、結局は惜しみなく捨てるに如《し》くはない。

　類型句が出来る原因の一つとして、以前に読んで記憶の底に残っている技法や言葉やが、知らず知らず出て来ることがある。これは判っていてしたことではなくても、それらの表現が傍目にも際立ったものであるときは、発表してしまって後味の悪いことがある。いつか芦屋の玉藻会の日に、伯耆の流し雛を見て、

　流し雛には金哀し紅哀し　　比奈夫

という句が出来て、大方の賛同を得たことがある。私には同想の句で三、四年前に、

涅槃像金ンを哀しき色として　比奈夫

というのがある。一方は輝くばかりの金色、他は金といい紅といっても、まことに申訳のような粗末なもので、そのため句の叙法も変え、言葉遣いの重さ軽さも違えてはあるのだが、やはり省みて自らの進歩の跡の見えないのに忸怩たるものがある。これも自分自身として類型句として戒めねばならないのであろう。また、このような特に個性の強い他人の表現法は、迂闊にも自分の作品の中に紛れ込んで来たりすることのないよう、注意が肝要である。

59　言葉との出会い

俳句を始めてまだ間のない人々の句会で、「毎月ある写生会というのは、何を描きに行くのですか」という質問に出合って大笑いをしたことがある。写生という言葉が、俳句や短歌などの世界で使われるようになったのは、比較的新しいので、普通の人が写生といって野山に出れば、絵を描くのだと思われるのは極く自然のことであろう。私たちがその写生という方法で、一途に俳句と取り組んでいることを、よし理解してもらっていたとしても、写生会などという名前の会では、何か俳画でも描いたりするのではないかと思われても致し方ない。判っていると思うことでも一応説明し、また判らないことは何でも聞いていただくことによって、共に勉強するという態度が、初学の人々と接するときに、特に必要であると思う。

多田神社での写生会の作品に、

由 緒 深 け れ ば 緑 蔭 深 き か な　　本田やすし

というのがあった。大方が神社の前を流れる、猪名川の鮎掛の写生の句の中で、この句は多田神社そのもの、あるいは多田源氏発祥の地と言われる、多田の庄全体の感じを、見事に把えたという感じのする、清々しくも規模の大きな句であった。そして規模は大きいが、景色は少しも漠然としたところがなく、きりりと引き締っていて、心持もまた深い作品になっているのであった。

われわれが写生に出掛けるのは、作句の場を変えることによって、自然との新しい出合いをするためなのである。が、よく考えてみると、季題やその支配する物との出合い、物との出合いによって逆に確められる季題との出合いもさることながら、この句などを見ると、写生に出掛ける窮極のところは、取り組むべき対象を余すところなく描きおおせる、言葉との出合いであると考えて差支えないとさえ思われる。作者の詩嚢に収められている言葉は数限りなくあるが、さて同じ一つの条件の下に作句してみて、素晴しい言葉の取り出せるときと、一向にそういう言葉に逢着しない時がある。

この句を見たとき、最初に羨しいなと感じたのは、作者が由緒という言葉に出合ったことである。さして際立った対象にぶつかったという訳ではなく、ただ緑蔭を描いただけで、吟行の句として、見事な結晶を見せたこの作品は、作者の由緒という言葉との出合いによって、次々と言葉が生れ、あとは案外すらすらとまとまったことであろうと思われる。同じ緑蔭におりながら、力倆もさして違わず、一方にこの作品が出来、他方にそれが出来ないということは、まことに俳句ならではのことではないかと思い、今更言葉との出合いの大切なことを感じたのである。

60　抒　情

正岡子規が俳句革新のために、絵画的な写実主義によって、客観写生の道を唱え、虚子先生が引きつづき花鳥諷詠を唱えて、俳句の進むべき道を定められて以来、俳句は専ら主観を抑えて、客観的写生の方向へ向うのが本道であり、抒情を言うことは、過ちを犯すが如くに避けられて来たようである。

しかし、真実俳句もまた一つの抒情詩であり、抒情性がどのような形で、どの程度にまで詠い上げられるかというところが、短歌や詩などと異なるところであろう。主観を露呈するということと、抒情ということとは、こう言った意味で全然異なると私は思うのである。

度々申し上げるように、俳句という短い詩型では、おのれの心を他人に伝えるには、どうしても象の具ったものを、出来るだけ主観を抑えて述べるより他に方法がない。そういう表現の型を崩さないで、私は俳句もまた出来るだけ抒情的でありたいと願う。実際私たちの心を捉える多くの作品は、大袈裟に言えば、作者の来し方行く末を洞察するような目で捉えられた、叙事あるいは叙景の中に秘められている、作者の心の訴え、とりもなおさず抒情性に富んだ作品なのである。俳句は存問の詩であると言われるのは、それらがいかように客観写実的な姿を借りて述べられていたとしても、情を抒べることに結着するからであろう。

ただ抒情という言葉のもつ意味合いは、それ程判然としたものではなく、時代の流れや、主張者の違いによって、随分幅広く用いられている。現在私たちいわゆる守旧派と言うか、伝統の主流を守るつもりの俳人仲間にあっては、抒情という言葉は、迂闊に使うと道を誤り兼ねない危険を孕むものとして、なるべくは避けて通られているような心地がする。しかしそういう危険があるからといって、詩として大切なポイントを避けて通ってよいというものではあるまい。虚子先生は客観写生と花鳥諷詠を唱えられつつ、自らは非常に主観性の強い作品も発表されている。先生は人間としてまことに情緒細やかな方であって、瑞々しい抒情的な作品も多い。ここで私たちはもう一度そういった作品に目を向け直してみる必要があるのではなかろうか。かの、

春風や闘志いだきて丘に立つ　虚子
手毬唄かなしきことを美しく　同
道のべに阿波の遍路の墓あはれ　同
野を焼いて歸れば燈下母やさし　同

など、抒情の強い句としてよく引合いに出される作品は別としても、

火の山の裾に夏帽振る別れ　虚子
水に置けば浪たゝみ來る燈籠かな　同
濃き日影ひいてあそべる蜥蜴かな　同
蜻蛉のさらさら流れとどまらず　同
紙魚の書も黴の書もそのままにあり　同

など、比較的叙事的と見える作品でも、これらを一読して、作者のもののあわれに対する、敏感な感受性というか、ものの奥底まで見通してまだ余りある作者の心の深さというか、抒情の深さが私たちの心を打つ。少なくとも、歳時記などの例句に引用されている先生の作品は、もはや大方が主観色の濃い写生句か、写生的色彩の濃い抒情句なのである。そして私たちが強くこころを引かれ、手本としたがっているのもそれらの作品である。とすれば、私たちも客観写生の本道を進むためにも、心の問題をもう少し深く突きつめる必要があると思う。

秋桜子、誓子が昭和のはじめ、「ホトトギス」を去って抒情俳句への転換をしたことは御存じの通りであるが、その頃の、

連翹や眞間の里びと垣を結はず　秋桜子

葛飾や桃の籬も水田べり　同

梨咲くと葛飾の野はとのぐもり　同

流氷や宗谷の門波荒れやまず　誓子

唐太の天ぞ垂れたり鰊《にしん》群來《くき》　同

など句集『葛飾』や『凍港』などに出て来る、いわゆる現代俳句の出発を飾った輝かしい作品群に見られる抒情性は、先ほど虚子先生の作品に見た抒情性とはやはり全く異質であるといった感じがする。またその後に現われる、

人入って門殘りたる暮春かな　不器男

あなたなる夜雨の葛のあなたかな　同

泳ぎ女の葛隠るまで羞ひぬ　同

などの句や、

妻二タ夜あらず二タ夜の天の川　草田男

萬緑の中や吾子の齒生えそむる　同

降る雪や明治は遠くなりにけり　同

といった作品や、

昃れば春水の心あともどり　立子

初蝶やわが三十の袖袂　波郷

などになると、瑞々しいまでの感覚、しかも近代的な感覚の上に立って、伝統的古典的な抒情を踏まえており、等しく生活や人生探求を志しているところに心を惹かれる。そしてどちらかと言えば、これらの作品は、初期の秋桜子、誓子の作品ほどに華麗ではないけれども、虚子先生の抒情にやや近いような感じがする。

いまの私たちの作句上の仕事が、一体どのあたりの水準に位置し、何に向って進められているかということは、もう少し後になって振りかえらなければ判らないが、

逢ひ難く逢ひ得し一人静かな　夜半

利休梅その下蔭の好もしき　同

というような作品に出合うと、写生作家にとってこそ、逆に抒情ということが最も大切ではないかとつくづく思うのである。

61　控え目な心

吉野秀雄の『やわらかな心』が出たとき、私はその本の題名に心を惹かれて、すぐに買ってしまったものである。そしてそれを一気に読み終って、改めて著者のやわらかな心を、その文章や歌の中から痛いほどに感じとらされた。そして今でも、書架の中のその本の表題を見ては、亡くなる前まで持ちつづけた吉野秀雄のやわらかな歌人としての心、人間としての心に思いを馳せるのである。

私たち俳句を作る者にとっても、このやわらかな心はなくてはならないものである。俳句の表現方式はまず簡潔を第一条件とするので、作品自身の言い廻しや、韻律には、あるいはやわらかさというより、厳しさの方を大切にしなければならないかと思うが、作者としての心の在り方としては、柔軟さということが何より大切であろう。喜びを喜びとし、悲しみを悲しみとして感じることは、誰しも同じことである。それが豊かにもやわらかな心で包まれるかどうかということは、そこに俳句が、詩歌が、文章が生れるかどうかということと、深いつながりを持つ。

甲冑にありし優雅を飾りけり　　夜半

という、父の晩年の句なども、私は作者のやわらかな心が一句のバックボーンになっているのではないかと思う。
話はすこし違うが、いつか句会で、

日傘さしイむといふことをして　夜半

という句があった。清記が廻って来てこの句を見たとき、何となく心を惹くものがあった。しかし作品の内容には今更とりたてて心を捉えるほどの材料がない。さて取ろうか取るまいかと一瞬迷ったけれどもどうしてもどこかに心を惹くものがある。素材の面では全く新しい感じはないので、取り立てて言えば、その何でもないことを、特に取り上げて言ったところに、新鮮な感じが生れたような気もする。しかしよく考えてみて、この句に何となく魅力を感じるのは、実はたいへん控え目な心持で、控え目な事柄が述べてあるということが原因なのではないかと思う。俳句というのは、ことそれ程に控え目な心と控え目な表現とを貴ぶ。この句のように他愛もない事柄が、深い余情をもって読者の心を打つのは、どうやらそういう俳句の本質によるのではないかと思う。同じ日の句に、

振舞の控へ目なるは涼しくて

というのがあった。正にその通り誰しも同感であり、出来上った作品なのであるが、口に出して控え目と言ってしまって、かえって心もちがやや露わになっている感じがする。心もちが露わに

なったということは、控え目を大切に感じている作者の心が、控え目という則を越えて露呈してしまったことを意味する。つまり作者の述べようとする控え目な内容と、その内容の根本にある控え目な心とが、表現の露わさによって打ち毀わされたような心地がする。ずっと以前に、

早蕨を四五本描きて餘白あり　　比奈夫

という句を、芦屋の玉藻会で作って、大量に点が入って気分をよくしていたところ、父に、「余白があるなら余白があるらしく述べた方がよい。余白ありはよくない」と言われて、すっかり降参したことがある。その日は年尾居の床に、早蕨らしいみどりの蕨が右隅に四、五本描いてあって、まわりが空白になっている絵の軸が掛っていた。たまたまこの軸が眼前にあったので、句会では何となくよく取ってもらえたのであろうが、そういう雰囲気から離れて作品を見ると、やはり余白と言ってしまったことが目につくのであろう。これなどもやはり控え目に言うべきことを、昂りすぎて述べてしまったという感じがする。

その後、虚子先生が亡くなられて、京都知恩院で法要の句会があったときに、庭前の枝垂桜を見ての父の句に、

空白の存して枝垂櫻かな　　夜半

というのがあった。この句は少し次元の高い句であって、その日の作者の心の空白と、枝垂桜の

空白を存している姿とが重なり合って出来上った作品であるが、それらの背景を承知していないとやや判りにくいのではないかと思う。もし万一そういった背景となるべき条件を取り除いてこの句を見ると、やはり先ほど父自身が私に言ったように「空白の存して」というところが気になるし、何故このような表現を敢えて父がしたかということが今でも少々気にかかるのである。

何を見、何を思うにつけても、豊かにやわらかな心でこれを包み、控え目な心でそれを表現することが、作句上、また作句修業上とりわけ大切なことではないかと思う。

62 写生一途

「諷詠」の東京探勝会の吟行旅行で、天龍下りをして、天龍峡で、東京、大阪、伊那の合同句会をした。和歌山からも姫路からも稲沢からも参加があって、ただ盛会というより、なにかしみじみとした味わいのある会になった。その前夜祭の句会が下諏訪の山王閣で開催されて散会になった後で、東京諷詠会の中山一冲、町田合東両氏が私の部屋へ見えてのお話に、合東氏は明日下る天龍川の景勝句で虚子選金賞に入選された、

遊船の人顔あげて流れ去る　　矢暮

の、矢高矢暮氏――当時冨士紡績在籍――の手ほどきを受けられて、俳句の道へ入られたが、矢

暮氏は珍しく厳格な先生で、写生以外の句は絶対に作らしてもらえなかったとのことで、そのため今でもかちかちの写生句を作っていて、進歩がありませんとのことであった。

ここに掲げた天龍川の矢暮氏の句は、その時次点以下で入選された数多くの句に比べて、雲泥の差があるほどに見事な作である。しかも鋭利な刃物で一太刀浴せられたような感じのする、典型的な客観写生句であると思う。「流れ去る」とはまこと心を空にして写生しなければ浮んで来ない描写であり、「顔あげて」もまたたまらなく巧みである。この僅か十七音の詩から、われわれはまず作者と遊船との関り合い、距離的なもの、速度的なものから、作者と遊船の客たちとの関り合い、例えばお互いある時間空間での心の交錯の瞬間の感じ、加えて天龍川の流れの状態、両岸の景色、岩のたたずまい、波のしぶきに至るまでの、描き上げられたものを数多く感じとることが出来る。これが本当の写生というものである。合束氏がこの作者から手ほどきを受けられて、未だに客観写生のこちこちの徒であるというのは、たいへん御立派なことであり、少しも進歩がないというのは、謙遜の言葉であろうが、とにかくそれを一途に貫かれることこそ本当でしょう、と申し上げたのであった。

客観写生一途というのは淋しいものである。己をまでつき離さないと句が出来ないからである。自らの心を、自ら創ろうとする作品をすら、じっとつき離して凝視しなければならないからである。しかしその厳しさと淋しさに打ち克ってこそ、本当の写生が出来、本当の俳句作りの醍醐味があるというものであろう。先ほどの遊船の句にしても、

瀧の上に水現れて落ちにけり　　夜半

などの句にしても、やはりそういう厳しさを越えて来た上での作品である。

ただ素材の受け止め方、表現の方法などは、作者の心と技との問題であるので、客観写生一途であるからといって、いつも同じところに停っていてよいというものではない。この客観写生という立派な方法を生かすのは、この心と技との向上をおいて他にない。俳句は勿論、いろいろの角度から、そう言った方面の修業をしなければならない。前に抒情について少し述べたけれども、俳句の本質は叙事詩であり、情は事に託さないと、どうしても上手く述べられないのである。

方丈の大庇より春の蝶　　素十

という作品がある。この句は完全に客観写生的に描かれているが、「春の蝶」という春のところに私は作者の情感が漂っていて美しいと思う。春の蝶というのは、蝶の姿態や感じの強調だが、多分思わず作者をして「春の蝶」と言わせたものは、春風駘蕩とした環境であり、それに融け込んだ作者の心であろう。私はこの下五の抒情性が好きだ。

先に申し上げた合束氏の、写生一途に励んでいて、擬人的な表現をしたり、感覚的なところを露わにして強調したり、その他近頃流行の句がなかなか上手く行かないというお話は、誰しも同じように思い悩んでいる問題であると思う。しかし窮極のところは、私心を捨てて立ち向った写生にあるので、小手先の技巧というのは、まずその目的に達するまでの、いろいろな道草でしかないのかも知れない。客観写生一途の徒の手にこそ、俳句発展の鍵が握られているのであろう。

私はこの度の旅で、矢暮氏の句碑を見、合東氏の話を聞いて、一段とこの思いを強めたのである。

63 ある限界

中村草田男がかつて「ホトトギス」で巻頭になった句の一つに、

金魚手向けん肉屋の鉤に彼奴を吊り　　草田男

というのがある。これは思い切った素材を思い切って処理したという作者の側の特異な条件もさることながら、この作品を選ばれた、虚子先生の選者としての立場とか見識とかが、たいへん評判になった句である。客観写生を唱えられる先生でありながら、この句を雑詠の最上位に据えられたということは、先生でなければ出来ないことであり、また作者が草田男であるから出来たことであろうと思う。

冬至会といって、私ども六、七人の集りで、高濱年尾先生の選を受けている会がある。月に一回私はその会の句稿を携えて芦屋の年尾居をお訪ねする。私の句はどちらかと言うと、少し情に溺れ、理に走りやすい傾向があって、年尾先生の選から甚しく逸脱してしまうものが多い。そういうときは大方、「言い得ていない」「それまで」「独りよがり」「×××」というような評がついて戻される。この「×××」のところなどは、自分では、一句のさわりになるような表現であるとうぬぼれているような所である。たまに二重丸の入る句があると、

「この句は比奈夫君のでしょう。判りますね。この辺が限度でしょうね」

というようなお話になる。今月お伺いしたときにも、

切西瓜發止發止と種黒し　比奈夫

という句が入選して、

「この句の発止発止は面白いですね。比奈夫君の句でしょう。しかしこの辺がぎりぎりの限界でしょうね」

という評があって、このあと前に掲げた草田男の句が話が出、この句を虚子先生が「ホトトギス」に採り上げられたとき、先生は年尾先生に、はっきりと、

「『ホトトギス』の俳句も草田男俳句も、この辺がぎりぎりの線で、これを越すと過ちを犯すことになる」

と訓えられたというお話をまた承った。私の句の「この辺が限界」というのも始終あるので、草田男のぎりぎりの線のお話も時々うかがうという訳である。

実をいうと私は、この伝統俳句の限界というものを除き去って、あるいはこの限界を出来るだけ遠くへ押しやって、どこまで古典を踏まえながら現代に生きる詩としての俳句の可能性を追究出来るかなどという、誰しも考えそうなことに心を砕いて励んで来たけれども、最近になって、やはりこの「ある一つの限界」の大切なことに心が動いていた矢先なので、年尾先生に、

「私もその限界のことでいつも反省致しています。今後は一層そのことに心を配りたいと考えております」

と申し上げると、先生は、

「その常に反省するということは良いことですね」

と、心から仰言っていただいた。私はそれで少し調子に乗って、

「ところがその限界らしい線が、年尾選と夜半選とでは少しだけ開きがありまして、父はあのように静かなおっとりした句を作りますのに、選の方は少し突きつめたところがないと取りませんのでちょっと困ります」

というようなことを申し上げてしまったが、先生は、

「へえ夜半さんがねえ」

と言って不思議そうな顔をされた。

私はこの限界については、いろいろと考えがあったので、また調子に乗ってしまって、

「私の先ほどの句は、草田男的限界というよりも茅舎的限界に属するのではないでしょうか」

とつい口をすべらせてしまった。先生はちょっと怪訝な顔をなさっていたがすぐに、

「そう言われればそうかも知れない。私は茅舎の句はなるべく読まないようにと父から言われました」

と仰言った。私も俳句を作りはじめた頃、青畝、素十、秋桜子、誓子、たかし、素逝などの句集に親しんだ後、茅舎に至って、父から、茅舎は茅舎一人でよい。茅舎に興味を持っても無駄だというようなことを言われていたので、その旨を申し上げると、

「やはりそうですかね」

と感慨深そうに頷かれた。私はいつもの無口に拘らずその日は少し妙なことを申し上げすぎたような気がして辞去した。


確かに伝統的な作法の中で、新しいものを作り上げようとする時には、四方八方に限界があって、それこそ四苦八苦しなければならない。私たちが伝統俳句の枠の中で、出来るだけ新鮮な、出来るだけ時代に即した、出来るだけ個性に溢れた作品を作り出そうとすれば、常に一人一人がその人としての限界すれすれのところで仕事をしなければならないのではないかと思う。

草田男と茅舎を例に上げてしまったけれども、草田男は草田男として、茅舎は茅舎として、常に限界ぎりぎりのところで仕事をして来たと私は信じている。草田男は草田男のもの、茅舎は茅舎のものであって、それゆえにこそ、虚子先生は、それがぎりぎりの線であると言って戒められ、

また読むことさえ遠ざけられたのであろう。他の多くの先達にしても、やはり目立つと目立たざるとは別として、それぞれ一人一人がその限界のところで仕事をしたに違いない。ただこの一人一人少しずつ違う限界が、伝統俳句という一つの限界によって、大きくしっかり一線を画されることは事実である。そしてこの共通の一線こそが大切なのであって、個々の限界はいずれもこの限界を超えてはならないのである。超えては俳句としての存在価値を失ってしまうであろう。

64　作り込みすぎぬこと

それでは俳句が俳句になるかならないかの限界とはどのようなことであろうか。先にもおおよそ触れたように、例えば、

㈠感情に流れすぎて写生のおろそかになり過ぎているとき。
㈡理に走り過ぎて俳句としての余情を欠いてしまったとき。
㈢譬喩や擬人法の使用などが乱雑、当を得ておらず卑近になり過ぎているとき。
㈣言葉や表現の技巧に凝り過ぎて、かえって読者の嫌悪を呼ぶとき。
㈤素材に作者独りで興じすぎて、読者の感銘が湧かぬとき。

など、数え上げればいくらもあるであろうが、最も簡単な限界として心に止めて置くべきものとして右の五つを掲げてみた。個性を発揮することを急ぐ余りに、心持や技法の露呈し過ぎたもの

も、少し心を許せば限界を逸脱することを忘れてはならない。ただこのような危険性がいくらかあったとしても、何となく許されやすい作品というものがあるものである。それは例えば先ほどの、

切 西 瓜 發 止 發 止 と 種 黒 し　比奈夫

のように、写生を根底としている作品の場合である。真黒な種が、一粒ずつ発止発止とぶっつけられたように目に写ったのを、そのまま直観的に写し取ったところに、限界的な言葉で構成されながらも、この句の許されるところがあるのではないか、と思う。

65　腰を据える

テレビでオリンピックの競歩をやっている。ちょっと見には妙な歩き方で、御承知のように常に一方の足は地面に着いていなければいけない。この不自由な形で五十キロメートルもの距離をやはり速さを競いながら歩く。私はふと足が地に着いているという言葉を思い出した。野球で打者が投球に向ってバットを構えるというような静の姿の時には、足の位置、腰の構え、肩の引き方といった、飛来して来るボールに対するバッターの準備は素人目にもはっきりと捉えられる。コートの中を走り廻って、一見静の瞬間のなさそうなテニスなどにしても、ボールとラケットの

ミートする直前には、一瞬静の瞬間があって、足はある角度でネットに対し、腰は打とうとするボールの高さまで下り、引かれたラケットも一瞬静止する。そういう準備があってはじめてボールは思った方向へ打ち返される。その静の瞬間に形の上での構えと心の中での構えとが整う。バスケットだとかバレーボールだとか、サッカーなどの激しい動きのある運動で、ほとんど止っている時のないと見えるものであっても、ボールを投げ、打ち、蹴る一瞬は必ず静止の瞬間がある。両足ともが動き、腰が据わってなくて、まともに出来る球技というのはほとんどないのである。ボートレースなどでも、じっと見ていると、水を切ったオールが後へ引かれて、次にさっと水を擢《ぬ》く。その水へ入る瞬間に一瞬空中にとどまるのがはっきり判る。それは止るというほどの時間ではないが、オールのブレードが水へ入る角度が整い、クルー全体のオールがそろう。ほんの一瞬の間《ま》なのであるが、私はそこに静止の姿があるように思う。

画家は絵を描く時にはしっかりと対象に向って画架を立てる。これで腰が据わる。スケッチブックに簡単にスケッチをする時でも、腰を下ろすとか、何かに凭れるとかして、少なくとも動くことはないであろう。画というものは一旦角度を決めた以上動くことの出来ないものなのである。よしその画が成功であろうと失敗であろうと、最後まで腰を据える他はないのである。

ところが私どもの俳句というのは、手帖一冊と鉛筆一本で仕上る安直さがある。しかも十七音に相当する文字を書きさえすれば出来上る。実際に歩きながらでも書けるというものであろう。俳句を広めるために利とされているこの安易さは、私たちがしっかり腰を据えて作品を仕上げる上にたいへんな邪魔となっている。

虚子先生も言われているように、我々がものを写しとる場合には、じっと腰を据えて対象に向い合わなければならない。俳句の写生には、静止している対象を静止して写し取る場合、動いている対象を静止して写し取る場合、及びそのいずれもの対象を動いたままで写し取る四つの場合がある。そのほかにも、静または動の姿勢で、静止している対象に動的な変化の現出するとき、また動いている対象の一部または全部に静止の状態が現出するときなどがある。作者が動きながら写生するということは、乗物の中から窓外を写す時のように、動きの速い時から、ただ何となく作者が句帖を懐に逍遥しているといったゆっくりした時まであるが、いずれにしても経験上移動しながら写生してよい作品が出来たためしはない。また出来ないのが普通であろう。お互いの相対速度が速ければ速い程このことは難しくなる。俳句の写生をする時も、画家が絵を描く時のように、やはりしっかり腰を据えなければならないのである。

吟行に出かけた時など、やたらと名所や旧跡を説明者づきで歩き廻ったりする修学旅行型の行動は俳句には向かない。一わたり歩いてみて、これと思った対象に向って出来るだけ早く腰を据えてしまうことが大切である。せっかく腰は据えたがなかなか上手く運ばないときは、止むを得ず次の所へ移ってもよい。ただそのようなことを繰り返して、うろうろしていては、結局最後までまとまらない。万一少しつまらなさ過ぎる素材が目に止ってしまったとしても、じっとそれに対して腰を据えていれば、何となく素材の方に変化が出たり、作者の心の側に変化が生れたりして、自然に作品がまとまるものである。

句会の席上で、親しい仲間であると雑談のはずむことがある。旅行の話とか、季語に関係のあるような話であれば、傍で聞いていて写生の素材となることもあるから、しっかり耳を傾けるがよい。しかしただの世間話となると、これは傍で聞いていても、走っている景色のようなもので捉えどころがなく、している方の人々は、題詠や嘱目が課されているのに、腰を据えずに歩き廻っているのに等しい。佳句の作れるはずはないのである。

66　添削と推敲

一旦出来上った作品を、自ら言葉を選び直したり、配列を変えたり、想を練り直したり、見方を変えたりして、いろいろに検討してみることを推敲と言い、同じようなことを、師家や先達にしてもらうことを添削と言う。初学の間は進んで添削を受け、俳句の作り方、整え方をしっかりと学ばねばならない。また自分の句は自分の手で出来るだけ磨き上げる稽古が肝心である。句会なので出句する前の推敲は勿論、一旦入選したり落選した句であっても、ちょっとした推敲で見違えるようによい句になることがある。推敲の仕方や添削の仕方は、人によってそれぞれ異なるが、参考のために私の方法を申し上げると、ほぼ次のような手順になる。

まず初案は描こうと思うものを、目に見え心に浮んだまま、素直な気持でのびやかに書く。

もっとも最初から苦吟であって、しかもずばりと出来上ることもあるから、のびやかに書いてばかりもおられないかも知れない。そう言った意味で句帖はなるべく罫などのない自由に書けるものがよい。行数も一頁に三行くらいを勝手気ままに書く。一句出来て時間があれば心を入れ替えて次の写生に移る。なお時間があればまた次に移る。そしてちょっと一息入れたところで前の句の推敲をする。読み返してみるのである。これは芭蕉も言ったように何度となく読み返してみるのがよい。そしてまず言葉とリズムが、述べようとする景と情とをうまく表現するにふさわしいかどうかを考える。同じことを述べるに当っても、陰翳の違う言葉がいくつもあるし、五七五の配列もいろいろに工夫出来る。破調になったり字余りになったりして面白いときはそのままにするが、なるべくは五七五調にととのえる。次にはその句が自分の述べようとする事柄を、間違いなく他人に伝えられるように構成されているかどうかをよく反省してみる。何かが足りなかったり、言い廻しの工合で、意味が別になったり、二た通りにもとれたりするのは不都合な句である。これは自分自身を相当引き離した位置に置いて、他人の作品を眺めるような冷やかな態度で、いろいろの角度から読み返してみなければいけない。

推敲の途中であっても、少し行詰まれば、また次の句を作るのがよい。俳句の推敲は出来るだけ時間を置いてするのがよいからである。そしていよいよ最後にその句が作品として、果して価値のあるものかどうかを判断する。それには、その作品の中にどこか把え所があるかどうかを反省してみることである。今まで人の目に止まらなかったであろうことが、把えられたというようならば合格である。発想や表現技法に変化があってもよいのである。

一方、他人の句を添削するときは、句のよしあしが自分の句よりもはっきりするので、推敲ほどには手間はかからない。添削では作者の意志を第一に尊重して、句意や技法が作者の力倆や個性を逸脱しないように心がける。また季語には手をつけないのが礼儀であろう。作者の詠もうとしているものを曲げてしまってはならないからである。その他は自らの句を推敲するのと同じように、作者を心に置きながら朱を入れるのである。

67　添削と推敲の例

前章に引きつづいて、添削や推敲の例を掲げて参考に供したい。芭蕉なども推敲には随分手をかけた人であり、初案と最終案では相当形の変ったものも多い。例えば人口に膾炙している作でも、

山路来て何やらゆかし菫草　　芭蕉
初案　何とはなしに何やらゆかし菫草
草臥れて宿かる頃や藤の花　　芭蕉
初案　ほととぎす宿かる頃の藤の花

閑さや岩にしみ入る蟬の聲　芭蕉

初案　淋しさや岩にしみ込む蟬の聲

暑き日を海に入れたり最上川　芭蕉

初案　涼しさや海に入れたる最上川

など数えるにいとまなく、芭蕉がいかに入念に俳句を作ったかが窺えると思う。いずれも初案と最後にまとまった作品との間には、かなりかけ隔った情感の深さと、実景の展開があると思う。

次に私の句で、父が添削してくれたものや、自ら推敲したものについて、いささかの説明を加えてみたいと思う。

蒐めたるフラスコにバラ展の薔薇　比奈夫

添削前　フラスコといふものにバラ展の薔薇

戦後の混乱がようやく収った頃、阪急百貨店の七階だったろうか、バラ展が開かれるようになった。この展覧会は今はどうなっているか知らないが、当時では珍しい行事の一つであった。その頃はこのようなバラ展の句が毎年しばらく誌上を賑わせた。この句もその初期のものであり、私の初学時代のものでもあって、フラスコを洗っては出品のバラを挿している若い人々の姿に接して、フラスコという理化学的な道具と薔薇というしゃれた花との取合せや、そのフラスコの持ち出された背景などにひどく心が動いた。その後紅茶茶碗に匙を添えてバラを生けたり、ビーカーが使われたりいろいろしたけれども、やはり私には今でもこのフラスコの姿が一番鮮明な印象で残っている。

原句では作者はフラスコという容器に興ずる余り、少し理窟を言い、説明的描写をしたというところに停っている。しかしそれはそれとしても、フラスコを把えたところと、「バラ展の薔薇」という叙法はまず成功である。が、そのままではフラスコの出場所や状態の描写は判然としていない。そこで添削をされた句に目を移すと、「蒐めたる」という上五で、フラスコのフラスコらしい有場所、従ってバラ展を構成している人たちの姿までもが彷彿として浮き上がって来るし、大小まちまちのフラスコやそれに挿された薔薇のいろいろの品種までが目に浮んで来る。父は現場を見ていないのであるから、確かに上手い添削である。添削は作品を躍動するようにしなければならないからである。

罌粟畠の夜は花浮いて花浮いて　比奈夫

添削前　罌粟畠の夜は花浮いて美しと

これも私の初期の句である。このときは題詠で、芥子の花という兼題が出ていた。会場で句作の最中聞くとなく聞いていると、芥子畠は特に夜が美しく、花がしらしらと浮き上がって見えるということであった。私はそれほど広い罌粟畠など見たこともないので、その話のままを一句にまとめた。従って「美しと」という言葉で結んで責任を回避している。この句で面白いのは「夜は花浮いて」という描写であろう。句会の席では一旦この形で入選したが、二、三日あとで父からあの句は「花浮いて花浮いて」とすれば、実景となって一段とよくなると言われた。考えてみれば「美しと」は不用である。不用であるとすれば、肝心な方を重ねて強調するに如くはない。この作品では特にその重なりがそれ程重くなく、花の浮いて、浮き浮きするリズムになっている。推敲の手本のような作品である。

　絮つけしままに立ち枯れ立ち枯れて　　比奈夫

推敲前　絮つけしままに立ち枯れあはれなり

　この句も句会の席上では、原句のまま入選して、「あはれなり」は少し心持の強い言葉であるけれども、このくらいまでは言い切ってもよろしかろうという、父の選評を受けた句である。が、後に「ホトトギス」に投句する際に、考え直して立ち枯れてを重ねる形とした。ちょうど前句と同じ形の修正なので例として掲げて置く。この二つの繰り返しの言葉によって、あわれさが滲み出て来るのである。

　汗光り安全帽の光りけり　　比奈夫

推敲前　汗光る如く安全帽光る

炎天下で安全帽を光らせて一心に働いている工夫を見ると、あたかも滴り落ちる汗が光るが如くに、その被っている安全帽が光って見える。遠くから見ていると、汗の光るのは判らないが、安全帽の光ることからそれが想像される。そのことが原句のような構成を一旦とらせたのである。しかしよく考えてみると、季語の汗が帽子の蔭に隠れてしまっていては勿体ないし、もっとクローズアップして、両方を光らせて強め合わせた方がよいと思った。そしてこの句が出来たのである。「如く」という譬喩はこの際やはり直接に並列して描写するよりも少々弱いように思える。

宙に浮く虻に暮春の空氣濃し　比奈夫

推敲前　虻宙に浮けて暮春の空氣濃し

天王寺の本坊で、四月、虚子忌を催したときの作。その日は暮春を感じさせる、汗ばむほどの好天気であった。廊下から庭を眺めると、ちょうど目の高さに何匹も虻が飛んで遊んでいる。飛ぶというよりじっと浮んでいるという感じ、あるいは浮んでいるという感じよりも、浮いてしまって沈めない感じであった。私はふと、空気の密度の濃さということを言ってみたい衝動に駆られた。すぐに原句が出来た。が、この形では虻を媒体として空気の密度のことが述べられていてやや抽象的である。一か月ほどして雑誌に投句する前に、空気の状態も描き、虻の状態も描いた方が面白いし、その方が叙景が確かになって、嫌みがなくなることに気がついた。そして「宙に浮く虻に」と据えることによって、虻の位置と空気の位置がはっきりとし、嫌みを消すことの可能なことが判ったのである。

雲水に無口は大事茎漬くる　　比奈夫

推敲前　茎漬くるときも無口を貴びて

この句は西宮海清寺で雲水たちの大根漬を見ての作。句会の席上では、誰もがこの無口に茎漬の作務をしている雲水を見ているので、原句で作者の意図するところが判る。従って句柄のよろしさと相俟って高点の句となった。このように鑑賞者にも同じ背景となる体験があれば、この下五の「貴びて」というような、その背景を締め括るにふさわしい言葉がたいへん大きな役割を果すが、一般にもし比較的に感受性の高くない人が、極く常識的な類推の中でこの原句を読んだとき、禅寺や雲水や、その作務の状況が目前に現出するかどうかというと、これは疑問である。というより多分難しいことであろう。この句も一月くらい経って雑誌に投句する時に、句柄は少し下るかと思うが、雲水という言葉を入れて結局このような形とした。多分景色ははっきりすると思うが、私自身「大事」という言葉は、この際余りよい言葉でないと思っている。

このように推敲は枚挙にいとまなく、また自分の作品の過程など申し上げて失礼極まりないが、次のように、ほんの少し言葉を変えたりつけ足すだけでよくなる句もあるので、作句はなるべく根気よくしていただきたいと思う。

春の雪降る日の鬘合せかな　比奈夫
原句 春の雪舞ふ日の鬘合せかな
この華やかな題材のとき、「舞ふ」という言葉はすこし甘すぎる。
スキー靴重しスキーを履き軽し　比奈夫
原句 スキー靴重しスキーを穿けば軽し
字余りになる上に理窟めいて重い。
春惜めとて盃の大いなる　比奈夫
原句 惜春の盃大いなるはよし
しこ女ともあらず汚れて魞を編む　比奈夫
原句 魞編みにしこ女とばかりとにはあらず

68　自然諷詠

以前「諷詠」に「諷詠ノート」を連載したときに、「諷詠」の雑詠欄の大方が、人事句の方向を指向していて、風景の写生は言うまでもなく、純粋に花鳥風月を写し取った句が、殊の他に少ないことを統計によって指摘したことがある。もう六、七年以上も前のことであろうか。自然の面白さの地味であることに比べると、人事の面白さは派手であって捉えやすく、珍しい行事や素材に逢着すると、大した力や技巧を労せずとも、案外すらすらと佳作が出来る安易さがある。つまり素材豊富な面白い作品が出来やすいのである。これに対して、花を見つめ鳥を眺め風を聴くということは、余程作者が精魂を打込まないと、それらの本質に触れ、またそれらと人間との関り合いの深さに触れることが出来ない。

布引徳光院での父の作品に、

いくたびも日を失ひぬ日向ぼこ　　夜半

というのがある。この句は季語からすると、人事の季語であるが、内容は自然と人との関り合いに静かに心が向けられていて、もはや、ただの人事の句というところに止まっていないように思われる。「諷詠」二百四十五号（昭和四十三年十月）の父の近詠「毬に栗」では、

鈴蟲の老けしと思ふ冷まじき　　夜半
走り咲くとにはあらざる葛の花　　同
木瓜を見てをりて確かな受應へ　　同

梳りみたきをさなき薄の穂　同

菩提樹の實の拾はれてゐし安堵　同

犒ひの言葉つゆくさ實となりぬ　同

石佛も無縁におはし小鳥来る　同

良寛の字は讀まれ易毬に栗　同

と、八句の中人事の季題は全くなく、自然諷詠の句ばかりである。ただそのいずれもが背景に人事的な動きか、作者の心につながる何かが描かれていて、季語をある角度から描き上げ、人と自然の関り合いを詠い上げている。

同二百四十六号の「冬帽」にしても、

はろばろと白亳寺より烏瓜　夜半

蔓の實のその紫よその瑠璃よ　同

身に入みて聞くこともなく老いにけり　同

草虱つけて誰よりかも樂し　同

觸れ合ひて醉のうつろふ醉芙蓉　同

木瓜返り咲ける日和にはたと逢ふ　同

このごろの日照時間歸り花　同
蜂を逐ふ冬帽を持ち合はせをり　同

の如く、三句目と八句目に人事的な諷詠が見られるが、これとてもまことに淡々としたものであって、かえって自然観照の姿に近いと思う。一、四、六句目には自然のうしろに人の動きを捉えることが出来て、前号の句とよく似ているが、二、五、七句目は全く自然諷詠の形になっていて、敢えて言えばそういう描写を好み、そういう対象を好む作者の心の片隅がちらりと覗いている程度である。

父の作品ばかりでなく、最近の「諷詠」の雑詠欄を見ていると、以前の傾向とは全く逆の傾向になっていて、人事句の占める割合はおよそのところ全体の約四割くらいであろう。これは随分大きな変化であると思う。いろいろ珍しい行事などを取り扱った人事句は、ただそれだけで面白いが、一木一草を眺めて、じっとして作った句はまことに地味である。ただその背景に作者のこころが、また生活がしっかり描き上げられたとき、しみじみとした華やかさを取り戻すのである。そして現にそういう追究がわれわれの仲間では盛んなような気がする。

こういう傾向になって来たことについては、次第に俳句の本道として行き着くべきところへ向っているのか、あるいはしばらく横道へ外れているのかは、今しばらく様子を見ないと判らない。が、俳句の勉強としては、より高度な方向へ、より風雅な方向へ進んでいるのではないか、と私は思っている。ただ少し平易でない方向へ進んでいるので、情感の豊かでない人が理解するにはやや手間がかかるように思う。しかし読者の理解が難しいからといって、止められるほどこの追究は生やさしいものではない。地味ではあるが結構作者を虜にしてしまうほど、興味のある仕事なのである。

69　句会を楽しいものにするために

一つの句会が誕生する。最初はもの珍しくて十四、五人も集ったとしよう。そのままにして置くと一年経ち二年経つうちに、上達する人は次第に俳句が面白くなり、そうでない人は一人休み二人休みしてだんだん人数が減って来る。うっかりすると二、三人にもなりかねない。そのままで続いてゆく会もあれば消滅してしまう会もある。そうかと思うとまた、最初からもはや俳句を止められないほど嗜んでいる人々の集りとして誕生する会もある。十人ではじめて三年経っても五年経っても十人でいる会などがこの傾向に属する。こういう集いでは会員の移動もなく、会も楽しいものであろうが、なかなか俳句が上達しにくい。かと思うとまた二、三人で始まった会が、三年五年経つ間に次第次第に膨れ上がって十人二十人になるような会もある。私たち作句の道場を、ただ句会一筋に求めているものにとって、このことはたいへん重大な問題である。

前にも述べたように、句会は誰もが出席しやすい、しかも楽しい雰囲気のものでなければならない。また多少義理にでも、出席しようと思う雰囲気に、盛り上げる必要がある。このためには句会に強力な牽引車が必要であり、また牽引の目的が必要である。牽引車になるのはとりも直さず会のリーダーであり、リーダーを手助けする世話人の人々である。目的というのはその句会の性格によってそれぞれ異なるが、初心者の会であれば早く俳句に馴染むための努力、職場句会であれば誰彼の差別、成績の如何を問わず、職場意識の下に、まとまった楽しい雰囲気を醸し出す努力、俳句達者の会であれば、ひたすら作句上達のために、鎬を削り合う努力、と、いずれにしても幹事は前向きの姿勢で、常に先導をしていただく。句会をするといっても、やはりその目的に応じて何かちょっとした趣向がほしいものである。毎回吟行をするほどの努力が出来なくても、何か句作の手がかりになるような趣向が凝らされていると、出席してよかったなという心持がする。また自分たちの句会を盛り立てるためには、お付き合いで人様の句会へも出席することが、幹事や世話方にとって大切なことである。それがやはり付き合いというもので、お互いに繁栄の助け合いになる。そうして、一と句会終った後でも、なお解散するに惜しいといった雰囲気が漂っているような句会にしたいものである。

70　若い作家の養成

今日（昭和四十三年十二月）大阪の朝日新聞社で関西ホトトギス同人会があって、各地から同人七十数人が集った。その席上で、最年少者ということでテーブルスピーチに指名されたのが、千原草之氏であった。草之氏は現在神戸市民病院の外科担当の医博で、もはや四十歳を幾つか越した立派な年齢であるが、その人が最も年少であった。「ホトトギス」の同人ということであれば、年少が四十歳を過ぎていてもそう不思議とも思えないが、それにしてもやはり老大国であるなという印象を与える。世の中の進歩が早くなって、いろいろな分野で、真底いい仕事をしているのは二十代から三十代にかけてである。俳句のように年季の要る仕事では、このことはちょっと無理かも知れないが、そのことが俳句を一層老齢化しているのは事実である。

現在指導的役割を果して、俳壇に君臨している指導者たちは全て十代、二十代から俳句に親しんで来た人々である。戦後、言語の大きな変遷や、漢字の制限などがあって、世の中の風潮が大きく変ったので、俳句を作ってみようという若人たちは皆無に近いであろう。家元制があって、三つや四つの頃から芸を仕込むというような、伝統芸術の世界ならばまた別である。そうでもない俳句はどちらにしても中途半端なところに止っているように思われる。今のような俳句年齢の分布のままで、あと十年二十年を経た場合に、一体俳句というのはどういう目で世の中から見られるであろうか。

お花やお茶や書やその他のいろいろの稽古事と同じように、俳句を一つの稽古事として、若い人々に押しつけることはやはり無理であろう。俳句というのは稽古がはじまると同時に創作が始まるので、やはり作文が好きだ、文章が書きたいといった、創作に心の動いている若い人々に働きかける必要があろう。そういう人々ならば、何かのきっかけがあって、一旦作句の道に入れば、急に面白さが判って来て、俳句の虜になるのに手間はかからないと思う。そういう人々を出来るだけ数多く俳句に誘い込む努力を、直ぐにでもしなければ、俳壇の若返りは望み薄いと思う。せっかく明治、大正、昭和と開花し結実しつつある新しい俳句界の動きを、ただ何となくこのまま停滞し、立ち枯れてしまわせるには惜しい感じがする。職場句会などで、あるいは大学などのサークル活動で、もっと俳句が取り上げられ、若い人々が参加されやすいように、若い指導者が立ち上がるべきであろう。

71 身辺雑事

私はこの初学作法の初めの方の章で、「季題見て歩き」ということを奨めた。俳句の作りはじめの頃は、季題に親しみ、季題の勉強をするために、自然といわず人事と言わず、季題となるものを見て歩いて写生をすることは、最も手取り早く作句に親しめる利点があるので、これをお奨めしたのである。殊に人事であって、祭だとか神事だとか、また地方色の豊かな行事などが、そのまま季語となっているものは、ただそれらの行事を、種々の角度から見て、その行事の名前即季語を詠み込むだけで俳句になってしまう。この方法は、余り力を労することなく、佳句が得られることが多く、作句訓練にはまことに好都合なのである。

しかし一方から言うと、このようにして作られた俳句は、対象の面白さを説明して終ることが多く、季語に大切な季感を詠い上げることがおろそかになってしまったり、自然科学や理科の教材のような説明的なものに過ぎなかったりする恐れがある。またそれが百年も二百年も前から伝わっている行事であると、自分で新しい発見であると思って作った句が、もはや何年も前に誰かに詠われてしまっていたりする心配がある。これが「季題見て歩き」というか、事柄俳句、教材俳句――こんな風に呼んでよければ――の弱みであろう。

暇にまかせて、あるいは寸暇を惜しんで、何やかや見て歩き、旅をして歩く作家は数多い。そういう人々のうち、極く少数を除いて、多くは珍しいものを見たという報告的作品をもたらして帰って来るのは惜しいと思う。見に行った以上は、対象がよし古い行事か何かであっても、作者のいまの心で一歩突き込んで、報告や説明ではなくて、詩情溢れる俳句を作って来てもらいたいと思う。

季題を見て歩いたわけではないが、六月（昭和四十四年）の写生会で、芦屋の滴翠美術館を訪れた。ここには前から滴翠窯という、何焼というのか知らないけれども、焼物の同好会のような窯場があって、老若男女外国人なども交って焼物を楽しみ、轆轤を廻している。いろいろの窯場の句の中で、

梅雨雲に似たる粘土の練られあり　笹目　南草

という句があった。これなどはいかにも季題の斡旋が上手く出来ていて、作者の俳人としての心と目が、憎いまでに作品の上に躍動している。

一方、窯場の模様や、轆轤師の動作などに心が動き過ぎて、後になってどのような季語でこれを処理してよいか判らないといった作品もあった。俳句の写生というのは、まず心を打つ季感があって、それを通して対象が見えはじめて来るのが本筋であり、季感のない事柄に何か季語を配しようとするのはつくづく邪道であると思った。季語が動いたりするのはこのような作り方の句に多く、たとえ取り合せの句であっても、この順序は守られねばならない。

少し話が横道へ逸れすぎたけれども、ここで私が申し上げたいと思ったことは、旅吟や吟行詠もさることながら、じっとしていて身辺の句が作れる境地こそ、作家としての窮極の境地であろうということである。珍しいと思う——少なくとも自分では——対象に、真向から取り組むのも結構ではあるが、身辺の雑事を、しみじみとした心持で詠い上げるのも、また詩人とし俳人として大切なことである。そしてまたこの身辺を詠みこなすことが、旅吟に比べて、数段と難しいものであることに思いを致すならば、初学の域をそろそろ抜けはじめた人々は、一つここいらで身辺雑事の句に力を注いで見て欲しいとも思うのである。

昔といっても大正から昭和初期にかけて、女性がぼつぼつ俳句を作り始めた頃、厨俳句という言葉で女性の句を片附けてしまったことがあった。今では女性俳人の数は、男性を圧するほどになって来て、厨俳句などというものは探しても見当らなくなってしまったが、それだけに身辺、生活の句がなくなったとも考えられる。いわゆる厨俳句には未練はないが、きらびやかな女性身辺の句など、もっと現れてよいと思うがいかがなものであろう。

72　心の写生

御霊神社の諷詠会は、このごろ藤井紅於さんの参加を得て、毎月何か心配りの材料を持って来て下さるので、俳句を作るのがたいへん楽になっている。三月には裸雛で、子授雛という土雛を見せてもらい、四月には隠岐の島の駅鈴、五月は羽団扇、六月は三輪の百合祭の百合や、白酒黒酒の神酒などを持って来て頂いて、たいへん賑やかであった。五月には岩崎俊子さんが梵網会の団扇なども持参されて、一段と興が湧いた。

このように珍しい素材があって、珍しい話を聞いていると、次々とヒントが湧いて来て、俳句を作ることがそれほど苦にはならない。しかしいつも同じビルの一室で、同じテーブルに向い同じ椅子に掛けて、ただなんとなく作らねばならない句会が、月に三回や四回は必ずある。このような時、父も私も「今日は心の写生の日」と称している。席題でも出す時はまだしも楽であるが、そうでないときは全く取りつく島がないのである。そういう時、正真正銘頼りになるのは、その日その時の自分の心なのである。

机の上の灰皿、棚の帳簿、部屋の黒板、窓から見える夕焼雲、何にでもよい、自分の心を乗り移らせて、心を写すつもりで物を画く。この場合、作者が追究し対決し写し取るのは、飽くまでも作者自身の心であって、これこそ正に最も難しい客観写生というべきであろう。この場合、汚れた灰皿や黒板、褪めかけた夕焼雲などは、ほんの方便にすぎないが、俳句の姿としては、そういう象のあるものを前へ押し出して、それに托した形で心を描く。

この、何も素材がなくて、自分の心と対決するということは、大へん苦しいことのように見えるけれども、客観写生の技法を勉強している者にとっては、かえってこの上なく面白いことのように思われる。正に無から有を生ずるような感じがするからである。

73 創作

俳句を作る面白さも、俳句を作る難しさも、これは一つに俳句も他の文芸と同じように、創作であるということに関わっている。

なおその上に、俳句には季語やそのほか形式上のいろいろの制約があって、勝手気ままにはならない。これらの制約は伝統芸術としての俳句を、いつまでも古い姿のままで置こうとする。一方文芸として創作でなければならない運命の俳句は、やはり何とかして、新しい天地へ出たいという欲望を絶つことは出来ない。ここに姿と内容の間に何となく矛盾が起って来る。虚子先生はこの事実を、古壺新酒という見事な言葉で解決され、また深は新なりという名言で人々の迷いを解かれた。が、それはそれとして、私には新は新なりという世の中が、すでに到来してしまっているような心地もする。古壺新酒の新は、深く掘り下げてゆく新しさの他に、まことに新しいものの新しさでもなければ通用しないような目まぐるしい時代に突入していることを、今や身のまわりにひしひしと感じるのである。模倣して楽しむ俳句、お稽古のつもりの俳句ならば、古い歳時記を見て作っていて面白いかも知れない。だが、創作としての俳句は、あるいはこれからも若い人々によって切り拓かれてゆく俳句というのは、よし伝統の器に行儀正しく盛られるものであったとしても、もう少し、現代と直結した素材や感覚の中で作られるものに、変化して行かなければならないのではないかと思う。

俳句が隠棲的であったり、逃避的であったり、あきらめ的であったり、遊びであったりしてはならないと考える。俳句が古典の一つとして残るというようなことにならないためにも、また迂闊に俳句でない現代詩に墜ち込まないためにも、私はこのようなことを、今の主流の作家たちがもっと真剣に考えてくれることを期待している。

74　夢を見る

少し激しいことを申し上げたような心地がするが、前章でも述べたように、新しいということには、古くからあるものを次第に深く掘り下げて行って到達する新しさと、今までにあったものを跳び越えて、または全く今までにあったものと別の所から芽生える新しさとの、二通りがあると思う。

　自然科学の世界では、物理や化学などの分野で、とりわけそういう二通りの新しさを感ずる機会が多いような気がする。そして大方の時間は物を深く掘り下げることに費やされるが、一時期を画して全く別な新しい実証や理論が生れて、それによって今まで一つの限界があるように思われて、進歩をはばまれておった分野が急速に展けるのに遭遇する。そういうことを繰り返して人類は進歩を遂げて来たのである。そして戦後になって、またここ数年に到って、この真に新しい分野が全く目まぐるしく次々と開発されて来ているのである。

　そのような目まぐるしい世の中で、私どもはしっかりと大地に足を下ろして、四季の移り変りというようなそこはかとしたものに、心を研ぎ澄まして対決している。しかも古い伝統の形式の上に立ってである。何かに押し流されてしまいそうな不安と、これでいいのだという、信仰にも似た安心感との交錯する中で、十七音のリズムの虜になっているのである。

　私はこういう時代の、そういった立場にある伝統俳句の世界に、何か真から新しい感じの作品が、あたかも発明や発見のように、誰かの手でもたらされる日があって、そこからにわかに現代を背景としての新しい俳句の光が射し初めるというような、到ってつまらないことを愚かにも夢見ているのである。

75　描　写

六月号（昭和四十四年）の「ホトトギス」で、私に次の句の句評が廻って来た。それは北海道で牧場を経営されているという依田秋葭さんのもので、

年木負ひ降り来る足の確かかな　　依田　秋葭

という作品であった。私はこの句を見た時に、まずたいへん描写のしっかり出来た句であることに感心した。そして次のような評をした。

年木を背負つて山を降りて来る、一人の山里住ひの老人が描かれてゐるやうに思ふ。この句の焦点は「足の確かかな」といふところにあつて、永い間住み古りた山国人が、毎年冬になれば切つて担ぎ降りなければならない年木を背負ひつゝ、通ひ馴れた山道を、至極しつかりした足どりで降りて来るといつた、いろいろな条件がすつかり整つてゐて、如何にも足の確からしさを読者に印象づけてゐるといふ感じがする。そして巧みにこの確かな足どりだけに焦点を絞つたことによつて、そのやうなとりどりの環境や、風景や、人物が描き上げられてゐると思ふ。

その同じ句に対して、年尾先生の御評は次の通りであった。

年木を背負つて山道を下りて来るその歩きぶりがしつかりして居つた。案外年寄りであり、或は女人として描いてゐるのかも知れない。一歩一歩を運ぶ足の力が見えるやうである。

足の確かさということから、われわれは老人や繊弱な女を聯想する。そして年木という季語から我我は寂しい山里住いを想像する。降り来るという言葉からわれわれは杣《そま》の通うような山道を想像し、その険しさから一段と足のしっかりした人、そして永年そういう生活をしている人を聯想する。またこの句では足の他は人に関しては何も言っていない。風景に対しても降り来るというところから来る聯想に委ねている。しかも先ほどの二つの評のように、読者にはっきりした情景や人物を想像させて、誤りなく言おうとするところ、描こうとするところを伝えているのである。かく考えてみると、この句はまことに描写が確実であり、その上にたいへん省略が利いており、季語もまた正確に働いているという感じがする。

「ホトトギス」が発行されて四、五日して、私は作者から次のような便りをいただいた。

ホトトギスで丁寧な句評恐れ入ります
昨年暮福井県を通過中、車窓から見た景で

年 木 負 ひ 嫗 の 足 の 確 か か な

一歩君（嶋田一歩氏）は何故嫗などと言うのだ　そこを余情であらわす様に詠えなくてはといわれ次の様にしたのです

年 木 負 ひ 降 り 来 る 足 の 確 か か な

どうか遠慮のない批評をお聞かせ下さい

私はこの葉書に対して、即刻返事の手紙をしたためた。手紙の写しは残していないので、どういう風に申し上げたかはっきりはしないけれども、推敲前の作は、嫗といって、いかにも人物が見た通りはっきりとしているように思われるけれども、そのためにやはり一歩氏の助言のように、少々説明に執しすぎていて、描ききっていないという感じがする。そしてこのままに終ると風景も何も出て来ないのである。それが推敲後の作品のように変ると、先ほども申し上げたように、人物も風景もあたかも映画のように動き出して、いかにも動いている一歩一歩が眼の前に浮んで来る。これは「降り来る」という中七の動詞が、全くこの場合的確に働いたためであって、実は嫗でも翁でもおみなでも、主人公はそれにふさわしい何でもよかったわけである。私はたった四語のために、数段と立派な作品を得られたことを讃えて手紙をしまったのであるが、これこそ本当の描写というものである。一歩氏の助言も立派ならば、それを素直に受け入れて推敲される秋葭氏の真摯な態度も立派である。そのように相携えて作句に精進される境遇もまた一段と羨しいと思う。

私どもが描写とよんでいるものの正体は、簡単に言えばこの「嫗の足」と「降り来る足」の違いを見極めることにあるのではないか。嫗というような古い言葉が悪いとか、名詞より動詞がよいとかいった簡単なことではなくて、やはり一つの対象を描き写すのに、何が一番重要であるかということなのであろう。それはとりもなおさず不用なものを抹殺するという操作とも関連があって、省略とか単純化とかいうことにも繋っている。

また描写を確実なものにするためには、最も的確な表現を前面へ押し出してやる必要がある。先ほどの作品でも足どりの確かということを読者に印象づけるためには、例えば登って行く足より降りて来る足を見ている方がよく判るのである。平坦な道を歩いているときは最も「確かかな」という迫力は弱いと思う。作者も山の坂道を降りて来る老女の足を見たためにこの作品が出来たのであるが、初案では作者自ら発見したものの正体をはっきり摑むことが出来なかったために、描写不足があって、読者から見ると少し物足りないものに終っていたのであろう。

76　一つの写生

神戸布引の滝での写生会の作品に、

瀧水の己が速さに追ひつけず　　堀部　克己

というのがあった。よく考えないとちょっと判りにくいけれども、その表現の不完全なところが、かえって面白いと言えば言える作品である。私はこの句が廻って来たとき、かつて父が、

瀧の上に水現れて落ちにけり　　夜半

という句と時を同じくして作った、

瀧水の遅るるごとく落つるあり　　夜半

という句を思い出し、人の見方や感じ方というものは、三十年も四十年も経ってもさして変らないなと思いながら、それでも表現の方法に少し技巧があることと、水の把え方に独特なところがあるように思えていただいた。父も選評の時に、一と通り句評をしたあとで、自分にも昔こういう作があったと言って、この句を口誦んでいた。

「滝の上に」の句は、虚子先生のお賞めに与り、当時写生句の典型のように騒がれた句であり、今も父の句としては最も人に知られている句である。が、たいへん難しい句で、あるいはやさしすぎる句で、その佳さを本当に理解するには、相当な作句上の経験と力倆を必要とすると思う。もし当時この作品を虚子先生が取り上げられていなかったならば、この句は永久に世に出なかっ

たかも知れない危険を孕んでいた。作者の側でも、このような姿で目に見えて来た滝を、そのままずばりと詠むことが出来たというのは、全ての条件が完全に整っていたからであろう。繊細な目に映じたものを大胆な表現でずばりと纏め上げたという感じがする。

それに較べて「遅るるごとく」の句の方は、極く自然に誰の目にでもつくものを、極く自然な言葉で、在りのままに写したという感じがする。この句の方は、一つの滝水の姿として、読者の胸に何のわだかまりもなく入って来る。滝が落下している状態を見ていると、滝口から溢れ出した水は、途中で岩肌を滑るものや、離れて表面を落ちるものや、水玉となって左右に散りながら落ちるものや、いろいろある。この句ではそれらのいろいろに分散した水の塊が、迅く落ちて来るものや、少し遅れ気味に落ちるものや、さまざまに見えるのを、一切省略して、主流となって落ちて来る水に対して、ちょっと遅れる感じで落ちて来る水の方を捉えて、滝水の姿を描き出したのである。至極平凡な姿で写生されているので、われわれにもよく判るのであるが、考えてみるとこの句もはっきりと滝水の本質を衝いていると言える。

克己氏の「己が速さに追ひつけず」の句は、一見描写の仕方が抽象的になっているが、やはりよく滝の姿を見ていて作られた句ということが出来るし、相当推敲されて作者の頭の働きの加わった表現がなされている。また父の句では滝水が幾つかに分れているように自然に描いてあるが、この句では、滝水は全体として一つのように描かれていながら、「己が速さに追いつけない」別の水があることになっている。これはちょっとした矛盾であるが、この矛盾があるために作品が面白くなっているのは不思議である。一つの作品を見て、すぐにかつてあった類想の作品が想起されるということは、創作の世界ではたいへん損になる。だがこの克己氏の作などは、類想ではあっても、発想にも表現にも父の句とは変ったところがあって、そこに三十年なり四十年なりの、時代の差というものが窺われるように思う。今の「諷詠」の在り方の上での一つの写生であろう。

77　古い季語

池田市久安寺の写生会で、門前の山家が干していた猪の皮と、その附近で海羸を廻していた少年たちに写生の眼が蒐った。殊に少年たちは海羸廻しの筵——といっても林檎箱の上へ厚手のハトロン紙を展べたもの——を境内に移して、私たちみんなに海羸廻しをして見せてくれた。お蔭で一時間ほどの句作の時間を、しずかに少年たちの遊びを見て過すことが出来た。私たちはこの山里にこのような遊びの残っておることに興味を覚えたが、よく見ると海羸は昔のように長い目の貝形のものではなくて、六角形や丸形の鋳物で出来ている薄い平べったいものであった。表面に王や長嶋や吉田や、プロ野球の選手の名が鋳込まれているのも、いかにもこの頃のものという感じがした。しかし私は、街中で子供たちがこの遊びをしているのを、近頃見かけたことはない。少年たちはこの平たい独楽に器用に紐を巻きつけて、狭い紙の上で上手に戦わせるのであった。

平たい独楽は高さに比べて直径が大きいので、独楽の周辺での速度が速く、ぶっつかると忽ち相手をはじき出してしまうように出来ているようであった。

四人の少年の中三人までが、ゴムの草履を穿いていた。昔ならば着物を着て兵児帯を締めていたであろう子供たちも、いまはセーターを着、ジーパンを穿きバンドを締めている。ゴムとは言え草履を穿いているのが私の心を惹いた。この日の出句の半分以上は海蠃廻しの句であり、父の選に入ったのも海蠃の句が多かった。父も、

海蠃を打つ四人仲間の座を移し　夜半
海蠃の紐相當にくたびれてをり　同
海蠃打を見る塵箱に腰下ろし　同

などがあった。また、

海蠃廻す子が勝負師の顔をする　金尾けい介
海蠃廻す少年バンド締め直す　山口　甲村
海蠃廻すときは必ず草履履く　後藤比奈夫
肘低く張れる子強し海蠃廻し　笹目　南草

などよく選に入った。私たちは一日海蠃打ちを見たことに興奮して散会したが、あとになってよ

く考えてみると、海贏などというものにはやはり時代の背景があって、この遊びはもう四十年も五十年も前に遊ばれてこそ、その真価があったように思われるのであった。ここに掲げた作品でも、父の句には今の時代を感じさせる忙しさは窺われないけれども、その他の句は大なり小なり現代を背景として構成されている。勝負師の句は面白いが、やはり現代っ子を彷彿させる。昔は海贏にしても、木の実独楽や、べったんや、ラムネ玉などにしても、みんな勝負をし取り合いをしたものである。子供らにとってそれは普通のことであって、取り立てて勝負師の顔まではしなかったと思う。バンドを締め直す句も、少年の意気込が見えて面白いが、かの、

海贏打てる童の帯のゆるみをり　誓子

の趣には一歩をゆずる。これは、

海贏打や灯り給ふ観世音　秋櫻子
噴煙を指す手より海贏の紐　圭草
をばさんがおめかしでゆく海贏うつ中　青邨

のような、のびやかな時代の背景があって、自然に出来上って来る作品と、今の少年たちが、中途半端な賭事遊びとして、している海贏廻しを見ての作品との違いが、如実に表れているのであろう。海贏廻しという季語が、今もなおわれわれの心に郷愁をさそって、一生懸命に取り組んで

みて、そして今という時代の、新しい姿の海贏の句をいろいろと作って見て、そして結局は昔の海贏の句に一歩をゆずるというのは、まことに淋しい限りである。

またその日は珍しく、衝羽根《つくばね》と高野箒の花が衆目を蒐めた。衝羽根は瀬野直堂氏が持参した。父へのお土産で、四枚羽の美しいものが二つ、高野箒は誰かが境内のどこかで手折ったものの一枝であった。どちらも珍しい植物であり、私にとっても初めてのものであった。中でも衝羽根は完全に四枚の羽が揃っているもので、追羽根のように打てば大空へ舞い上るかと思われた。私はこの二種の植物をとり混ぜて一句にまとめたいと思ったが、それはなかなか難しい仕事であった。時間もないままに、

衝 羽 根 も 高 野 箒 も ゆ く り な し　　比奈夫

という形で投句してしまったけれども、下五がまことにありきたりで心にかかった。選句の時、

衝 羽 根 も 高 野 箒 も 人 の 目 に　　夜 半

という句が廻って来て、これはあとで父の作と判ったが、私はひどく心を打たれた。人の目にというのは、いま人々の目に曝されているという程の意味で、作者としてはどこかにそっとして大切に眺めたいこのような実や花が、人に拾われ手折られて、衆目にさらされる憂き目を見ているといった思い入れなのであろう。ゆくりなくそういうものと自分が対面出来たという私の作に比

べて、父の作は一歩距ったところから対象を眺めて、静かにそれらの物をいとおしんでいる心地がする。互選では私の句ばかり入選して、父の作には私が一点を投じただけであったが、これもよく考えてみると芸境の違いであって、到底私の及ぶところでないという心地がした。そしてまた選句も難しいものであるという思いを新たにしたのである。

78　心をこめる

叔父の喜多実が随筆を纏めて、『演能前後』を出版した。その中に「能はまごころ」という一章があって、その一節に「心のこめ方」という小文がある。前後を省略して少し抜萃《すい》させてもらうと、

能で舞台を歩く、外から見れば、誰の場合にも同じに見えるだろうが、上の空で歩いている人と修行を積んだ人とでは、描き出されるものが全然違う。舞台面に足の裏が密着していて、一足一足が見るものを深く誘いこむ力をもつ。それは足で歩くというより、全身で歩く。さらに、心が足を導いている。じっと見つめている人には、それは必ずわかってくる。（中略）

一見無意味と思える動きのうちに、あるいは動かないところにも、やる人間の内部的な活動、換言すれば「心のこめ方」といってもよい——を汲みとることが大切なのだ。それは非常にむ

ずかしい。しかし、そのむずかしさは、本当に見る方が純粋な気持で見るならば、誰にでも感受出来るはずだ。特殊の人でなければわからないというようなものは、本当の芸術ではない。

（中略）

「心のこめ方」とは、まことに平凡な日本的いい方をすれば、「まごころ」ともいえる。人間としても、本当にまごころのある人は、他に対して訴えるものがある。それが、いくら甘い言葉を用い美しい文章を書いても、上の空だったら、人を動かすことはできないはずだ。

「まごころ」が能ではいちばんの根本だ。それがなかなかできない。まごころと一口にいっても、浅い深いがあり、自分ではまごころを非常にこめているつもりでも、どうもまだそこに嘘があったり、衒いがあったりするもので、それでは、他人は、首をかしげて納得しない。まだ自分の気持に本当でないところがあれば、それは本物とはいえないだろう。心の修行、これは実にむずかしいことだ。

というのである。この心をこめるということは、能というすこぶる省略の利いた、動きの少ない、寡黙な伝統芸術に対して言えると同時に、まったく同じ形式の俳句に対しても、そのまま当てはまると思う。

一挙手一投足に心をこめるということは当然ながら、動きのないところにまで、また動きがないゆえにこそ、そこに心がこめられていなければならないと言うのは面白いし、また大切なことである。俳句の場合でも、俳句が寡黙の詩であるがゆえに、とりわけこの「心をこめる」ことは大切であると思う。動きのないところに心をこめるとは、俳句で言えば表現の外に心をこめることに相当する。ほんの一つ一つの動きにも心がこめられるということは、俳句では表現上のいかなる小さな措辞にも心がこめられるということである。このように言葉の一つ一つに、また言葉の外の余情というような、表現の上からは空白なところに、全心を打ち込むというところに、人の心を打つ境地が開かれるのである。

能の場合でも俳句の場合でも同じことであるが、心をこめるというのは、自らの内へ内へと向って、心を攻め込んでゆくことである。外へ表れて来る姿とか作品とかは、そのようにして内に向って注ぎに注がれた心が、凝りに凝って、ほんの少しの動きとなり言葉となって滲み出る。それが能の動きであり、俳句の表現なのである。演者とか作者とかが、心をこめて演じ、作っているものは、ほとんどが人目に触れないところにある。能や俳句ばかりでなく、日本の伝統芸術はすべてこの方式によって人の心に訴えている。私たちが現代の忙しさの中に、なお俳句を学び、俳句を作って楽しめるのは、やはりこの心を人目に触れないところにこめるという、日本人独特な美の探究の仕方に心を奪われているからであろう。能はまごころというように言うとすれば、俳句もまたまごころというべきである。

79　話し上手と聞き上手

世の中には話し上手と言われる人がある。また逆に聞き上手という類の人がある。話し上手という人は、相手の心を忖度《そんたく》することが上手で、聞き手の心になって話を進める。話術という表現の技法が確かで、また話の要所要所に間をとることも上手い。相手の心を緊張させたり、ほぐしたり、笑わせたり、悲しませたり、怒らせたり、楽しませたり、自由に操れる特技の持ち主である。多分こういう人が、その気になって俳句を勉強すれば相当な作家になると思う。

一方、聞き上手という人々は、やはり相手の心を汲んで、合槌を打ちながら話を引き出してやらねばならない。この方は一見話し上手のように華々しくはないけれども、かえって話し上手より難しい役目であろう。能で言えばちょっとシテとワキのような関係にもなるかと思うが、私は俳句の真実上手な人はこの聞き上手の人ではないかと思う。対象の訴えて来るものを、その心持を忖度して捉えてやるということは、対象が——自然が——話しかけて来るまで、気長に待つことは、これは聞き上手の人でなければ出来ないという感じがする。こういう人は選句をさせても上手いのではないかと思う。

また世の中には話し上手というのではなくて、ただ饒舌という人がある。これは自分の好きなことを相手との対話ということを考えずに、聞く人の心持を汲むことなく、絶え間なくしゃべりたい人である。こういう人は全然俳句には向かない人である。よくしゃべり、自分は話し上手であると思っているが、本当は話し下手な人たちである。同じように気に入らないことは聞こうともしない類の人がいて、この人々も外に向って心をやわらかく開くことをしない。やはり俳句には向かない人々であろう。ここにも人のこころの問題がある。

80 観察

「諷詠」の八月の六甲山ホテルでの写生会は、もはや例年の慣わしの避暑句会となってしまって、はじめは避暑風景を詠んだ句も多かったが、次第にロビーから裏へ出て、プールや釣池のほとりに腰して、比較的動きの少ない写生をする人が多くなった。今年も昨年と同様、あの深山あかねという可愛い赤とんぼの群には逢わなかった。時期が悪いのか、公害か何かのせいで少なくなったのか、芝生の上一杯に拡がって翔んでいる初秋の赤とんぼに逢えないことは、何か歯が抜けたように淋しく、だから水を張り替えたばかりの子供プールの周りの砂日傘の中や、隣の池に作った釣堀の周りで時を過す人が多かった。

釣堀には水馬がたくさん泳いでいて、入れ替り立ち替りする釣竿の水輪を避けながら、好き勝手に水輪を作っていた。

八月一日の土曜日から二日の日曜日にかけて、税関千舟会の例年の夏行句会で、京都西山の西国二十番札所の善峰寺に参籠した。この善峰寺にもいろいろと立派な拝観すべき物があったが、本堂の脇に小さな睡蓮の池があって、三回目の句会の時には、他の何よりも早朝の山気の中に開きそめる睡蓮の花や、水に遊ぶまいまいや水馬に心を惹かれた。とりわけ水の表面に脚を踏まえて水を窪めている水馬の剽悍さと、水の上をするすると滑るように輪を描くまいまいの軽快さとの全く異質な性格が面白く、どちらも水澄（まいまい）、水馬（あめんぼう）と、同じみずすましと呼ばれながら、全く異なった生態を持っていることに興味を覚えたのであった。私は今までにも水馬の句は時々作ったたし、何となく活潑なこの動物にはよく目が止るのであったが、地味で小さなまいまいの水澄の方は、余りゆっくり観察したことがなかった。恥しい話ではあるが、私はこの朝まいまいは水の上を動き廻っても、一切水輪も水尾も、波も出来ないことを発見した。ただ忙しく水の上を輪を描いて廻る。しかし水の面には何の跡も出来ないのであった。大きな感動が私に残った。

踏 ま へ ゐ る 脚 の 健 康 水 馬　　比奈夫
まひまひのどこへゆくにも水尾曳かず　　同

という句が出来た。句柄としては一句目の方が少しましかと思うが、二句目の方には私なりの発見があって、どこへゆくにも等という未完成の箇所を直せば、少しは面白い句になりはしないかという期待がある。

六甲山ホテルの釣堀には、大小の水馬が水の上を泳いだり飛んだりしていて、熾《さか》んに水の輪を作っていた。まいまいがいたかどうか、その日も余り心に留まらなかったが、じっとそれらの水馬を見ていて、私はまた自分にとって新しい発見があることに気づいた。それは大きい水馬でも、小さい水馬でも、ちょっと動くと水輪が二重に出来るということであった。水馬がすいと動くと、水馬の周りに二重丸が出来る。たちまちにその水の輪は水輪自身で大きく拡がってゆくが、水馬をいつも中心にしている。またそのまま水馬がある方向へ動くと水輪も拡がりながらその方向へ動く。この動いている間中は、水馬は水輪の一方の先の方にいるのである。もし水馬が跳躍してこの自分の水輪を跳び越えると、いつの間にか前の水輪は消えて、新しい二重丸の水輪がその水馬の周りにある。あたかも水輪を従えて跳んだように見える。私は水馬の輪をいつも見ていながら、それが必ず二重丸であることや、必ず水馬を取り巻いていることを、今まで心に彫《きざ》んで見たことはなかったことに心付いた。これは写生の徒としてまことに恥しい。私はこの水馬を見ながら、昨年「ホトトギス」誌上で句評した嶋田一歩氏の、

あめんぼのつと四センチ五センチか　　一歩

の面白さや、また同時に発表された、

水馬日に失せ水輪す丶みけり　　一歩

などの句に見られる作者の写生の目の素直さと真剣さに、改めて敬意を表せざるを得ない心持になっていた。その日私は、

水馬おのが水輪を枷となす　　比奈夫

という句が出来ただけであった。

私たちの俳句は物を見ることから始まる。そして結局は物を見ることに終る。あるいは見ることから始まって、見えて来ることに終ると言った方がよいのかも知れない。どういうものをどういう風に見るか、どういうものがどのように見えて来るかというところに、作者の目の働きがあり、作者の心の位置が窺える。作品を詠んでいて楽しいのは作者の目を通して、作者の心に触れることが出来るからである。そしてその心に触れやすい作品というのが、見たまま、見えて来たままを、出来るだけ写実的な素直な技法で描かれたものであるということはたいへん面白い。但し飽くまでも作者の目と心の位置が高いところに在っての話である。

81　自信喪失

俳句を作り始めて二年三年経った人から、俳句が出来ません、自信を失くしましたというようなことを聞く。これは俳句が出来ないのではなくて作らないのである。自信を失くしたのではな

くて、二年や三年で自信など初めからあるはずはないのである。それが自分の属する句会での対人関係などで少し嫌気が差すと、そういう言葉になって訴えられる。こういう自信喪失は人のことなどに拘っていないで、ただ勉強に打ち込めば直る。先生が自分の句を少しも取ってくれぬという訴えもある。これはやはり逆うらみというものであって、勉強不足と反省しなければならない。ただ先生の方が下手で自分の句を理解してくれないというならば別である。その時は堂々とその師から去るべきであろう。

俳句を作り始めて五年十年と経った人が、俳句が出来ない、自信が失くなったという。これは自信が失くなったのではなくて、自分なりに自信があるのであるが、周りの者がちやほやしなくなったということであろう。作品はいくらでも出来るのだが、自分なりにマンネリズムに陥っているのであろう。こういう人もまた、もう少し突っ込んだ勉強をするべきである。前に読んだものを読み返してみることもよいと思う。前には判らなかったり、素通りしていたことが、ふと判って来たり、感ぜられて来たりして何となく新しい境地が拓けるものである。この時期に初学の人を集めて、教えたりアドバイスをしたりするのもよい。何となく視野が展けて、今まで難しかったことがそうでなくなったり、良いとか悪いとかの判定が、少し高い立場から出来るようにもなる。句会の世話をしてもよい。そういった試みを変えた勉強で、案外道が展けることが多い。

本当の意味で作家が自信を喪失するということは、遥かに容易ならぬ問題なのである。それは作家が自分自身の目と心とに自信が持てなくなったということに他ならない。確信を持って作っている作品が、世に容れられなくなったとしても、もしその作品が己の心を充すに足るものであったならば、未だ耐えることが出来る。しかしそれが一般からも容れられず、自らの魂からも容れられなくなったとしたら、その作家はどうすればよいのであろう。多分そういう時期が大家にもあったことであろう。またなければおかしいと私は思う。そしてそういう時期を黙って耐え忍び、乗り越えて自らの力で切り拓いてゆくのが作家としての態度であり道であろうと思う。そういう時期を経験しないのは真の作家ではないとも思う。ただそれを口にしないで、黙って耐えているということなのである。

初学の人や、少し判りかけて来た人が、作れなくなったとか、自信がなくなったとかいうのは、少し口はばったい言い方のような気がする。難しいことが次第に判りかけて来ました、というならば話はおのずから別である。

82　春夏秋冬会

以前に、諷詠会では、居ながらの夏行の会といった意味の通信句会が、阪神間の有志を集めて、福井青村氏のお世話で行われていた。年々参加者が多く、投句も真剣になって来たので、雑誌でも別頁に一括成績発表をしようと言うことになり、父も乗り気で会の名を春夏秋冬会とし、各季ごとに春の会、夏の会等とすることになった。つまり春夏秋冬の鍛錬会ということになった。とすれば出来るだけ門戸を開放して、一般に希望者を募るべきであるというのが私の考えではあったけれど、と言って雑誌に発表して企画するには、この上の仕事を抱え込むことになり、これはやはり発案し今まで世話を続けておられる人々に任せて、出来るだけ投句者を集めてもらおうということになった。その後写生会や何かで案内を配った結果、会員数は今のところ七十人に近いと聞いている。現在秋の会が行われていて、九月十五日、十八日、二十一日、二十四日、二十七日と締切日があって、各々兼題が出ている。つまり半月に五回の通信句会ということになる。作る方もなかなかたいへんだけれども、これの世話をすることはも一つたいへんであると思う。

私も六甲山ホテルの写生会の日に、案内状をもらったので、ともかく会員登録をして置いた。しかし句会でしか作句しない主義の私には自信はなかった。九月初め青村氏から投句要領の葉書が来た。三日置きにつまったスケジュールを見たら実際げっそりしてしまった。毎月第二週は句会がつづき、その上編集のクライマックスの時である。俳句を見るのもうんざりする時期で、とても家で句作など思いもよらない。十三日の神戸諷詠会の時、あっさり謝って帰ればよかったものを、そのまま帰ってしまったので、十五日の締切日まで心にかかっていた。

十六日は大阪の諷詠会である。御霊神社の境内でぼんやりしている私のところへ、前内木耳さんが近寄りざま、「青村さんが待ってまっせ。どうでも今日貰うて来てくれ言うことだす」と言われた。私は全く相済まないと思い、いろいろと申し開きをして、初回から脱落の恥しさを味わった。それと共に主催者にひどい迷惑をかけていることを思い、申し訳ない感じで一杯になった。句会の途中で話が春夏秋冬会のことに及び、宮本唯人氏が「三日ごとの投句締切ではおちおちしてられないね」といった風の発言をした。全くだなと思ったが、前内木耳氏から「それがよろしいねん」という答えが跳ね返って来た。また私は恥しいと思った。

そういう風に苦しい目をして句作することを鍛錬の目標にしているのであれば、苦しまなければ意味がない。苦しい目をすること自体に意味があるのである。句会へ出れば何とかまとめることが出来るという安心感から、平生俳句に心を砕くことを怠っている自分を、私は改めて発見し、見直さねばならなかった。翌日から行き帰りの車中で句帳など開く昔の慣わしを取り戻して、ちょっと妙な気分になった。二回目三回目の投句は直ぐ済ませたが、考えてみてやはり句会で投句する感じとは異なっていた。所詮写生の目が行き届いていないのであろう。

二十日を過ぎればまた校正や何かで忙しくなるので、第四回、第五回の投句はどうなるか判らないけれども、与えられた兼題と締切日が、頭から離れなくなったのはちょっとした変化であって、いかにも初学の頃に帰った心地がして、楽しくて仕方ないのである。

83　裏　方

芝居では道具方や衣裳方など、舞台裏で働く人のことを裏方という。俳句会でも、大会などを開くときは、当日のみならず何か月も前からそれぞれ役割を定めて、大勢の裏方さんたちを作って、演出を誤らないように企画する。それは当然のことながら、平常の二、三十人の句会では、二人程度の幹事が、裏方も表方も相勤めるということで、なかなか十分には手が廻らない。会場の決定、案内状の発送、当日会場の設営、紙類の用意、披講、後片付、句会報のまとめ、発送などと、平素何でもなく行われていることながら、考えてみるとたいへんな仕事なのである。殊に夏冬の会場探し、当日の写生の材料とまで考えて来ると、気の弱い人には出来ないほどの仕事がつまっている。しかしこの裏方的の仕事を少し上手にやるかやらないかで、俳句会の楽しさがすっかり違って来る。従ってその会の出席者の数にまで影響して来るようなことになる。

初学の人々ならば、余り固苦しくならないように、句会後の会食などもいいかも知れないし、上戸ならば一杯入れて二次会という楽しさもあろう。俳句一途のベテランたちには、やはり写生の材料を用意してあげることである。これがその会へ出て来てもらったことに対する挨拶のこころともなる。参会者の方も儀礼的にもせよ、その材料を詠み込もうとするので、たいへん俳句が作りやすい。これらのことは前にも書いたことがあるが、句会の幹事として大切な心構えというべきであろう。

十六夜の会に、一人の女性が栗酒の一壺を携えて見えた。丹波の栗酒とかで、立杭焼の丸い徳利のような壺に入っていて、やはり立杭焼の盃が五つ六つ添えられてあった。みんな栗酒をいただいて、その酒の栗の匂う中で月の出を待った。誰もがそういうときは俳句が作りよいのであった。

私はこの女性のことについて前にも書いたけれども、幹事でもないのにこのような裏方的な世話はなかなか出来ないものである。損得抜きに考えて、よし月の夜の句会へ、家に栗酒があったとして、持って出掛けるだけの度胸が出るかどうか。その辺りがその人の偉いところであろう。誰もが裏方になることを考えるとよいと思う。

84 写生

倅の立夫が蓑虫を見てカットを書いている。私はそれを見て句を案じている。家内が傍で孫の守をしながらその両方を見守っている。蓑虫を取って来たのは家内である。

私は墨と筆で描き上がってゆく蓑虫の画を見ながら、カットとは言いながら、これほど丹念に物が写しとられてゆく画というものに強く心を引かれるのであった。俳句は十七音、字数にして十二、三字くらいに大抵は収ってしまう。それに較べて蓑虫を一つ描くのに要する筆数の何と多いことか。そこでは一つの点も一本の線もゆるがせにされてはならない。そしてそのように丹念に写し取っていて、やはり個性のある作品が浮び出て来る。また省略なども十分利かされてはいるのであるが、私たちの用いる手法とは大層異なるのである。

季語というもの、あるいは一般に文字から来る類推というのは、たいへん便利なもので、俳句を作る時に、私たちが蓑虫という一語を用いれば、いま目の前で倅がせっせと描いている態の、あるいはもっとさまざまな姿の蓑虫が、眼前に彷彿として来るのである。我々の俳句はそれゆえに蓑虫を写生するといって置きながら、実際には蓑虫の描き上がったところから出発しようとし、蓑虫の蓑虫である姿を改めて描こうとはしていないようにも思われる。同じに写生とは言っても、画でするのと文字でするのとには、そのような大きな行き方の相違がある。

私の俳句は駄目であったが、倅の蓑虫は割合にすらすらと描けて、——といってもやはり三、四枚は書きつぶしをして——「諷詠」に掲載することになっている。

85 稽古

先日T女さんから手紙を頂いて、先輩の方の言によれば、句作の時には真似になったり、邪魔になったりしやすいので、余り人様の句を読まない方がよいとのことですが、自分にはそのような難しいことが出来ないがどうしたらよろしいか、また句会の席上でよい句が出来たと思ったら、どうも人様の句に似ているようで、投句を差し控えるようになるが、いかがなものであろうか、というような問合せがあった。私はこれはたいへん謙虚な質問であると思い、同時にまた少し作句に対して心を使い過ぎた質問であるとも思った。

この手紙で彼女を苦しめているものの正体は、俳句が創作であるという確かな事実そのものなのである。俳句が創作であらねばならないということは、文芸としての本質上不可欠な要素ではあるけれども、一面、初学の間は俳句もまた一つの稽古事であるということも忘れてはならない。だとすれば、俳句の勉強も初めはやはり真似から始まるのである。句作に先立って、出来るだけたくさんの俳句を読み、その中の自分の好きな作品の真似をする。最初のうちはそれでよろしい。それを熱心に続けておれば、次第に自己形成が出来る。似たような句が出来たと思っても、思い切って投句することは、初学者ならばしてもおかしくはない。誰かが教えてくれるであろうし、よし類句があったとしても恥しがることはない。判ったら潔く捨ててしまう。それでよいのである。

但し作家として自他共に認めるといった人になると、やはり事はそう簡単ではない。疑わしきは発表せずといった心構えと勉強が必要になろう。その時こそは、作句前に余り先人の作で頭の中を掻き廻されない方がよいかとも思う。が、いずれにしても俳句創作の先端に立って、道を切り開いて行くことは、たいへん努力も素質もいるものであって、そう誰にでも出来るものではない。自身では相当年季を入れたつもりの人たちでも、何とはなく人の真似をしているような事が多いものである。私はいつかお花の稽古を見て、

春燈下褒めて終りし稽古事　　比奈夫

という句を作ったことがあったが、これは生花の稽古を見ての作とはいうものの、時に俳句を教えているときの自分の姿を省みるところがあって出来上った句であって、俳句もまたそのように

して稽古の積み上げられるものなのである。

創作創作と思って、余り肩を怒らして考えないで、おおらかに暢《の》び暢びと作句していただきたいと思う。良否の選別は先輩句友に任せて、どんどん作りどんどん捨て去るべきであろう。必ずその中に一つや二つは本物が混って出来上って来るものである。

86　新年の句

正月には日本人ならば、誰しもちょっと一句捻ってみたいという気分になるようである。とりわけ私たち俳句作りにいそしむ者にとって、新年に当って佳句が欲しいと思うのは、決して欲深いというものではなかろう。毎年のことながら、その簡単なことが、なかなか果せないというのは皮肉なことである。松過ぎてから句帳を開いてみて、何と新年の句の少ないことか。これは必ずしも私だけではないと思う。正月にはあり余るほどの季題があり、なにもかもが俳句になるはずの行事なのに、少しも満足な作品が作れないのである。

これは新春の季語も行事も、余りにも古く、余りにも詠みすぎ手掛けられ過ぎているからだと思う。また私たちの心も起居も、新春には、何となく古きに返る、というようなところがあって、前章の先人の句の読み過ぎにも似た現象を起すのであろう。その上新春の句には、慶弔や贈答の句と少し似通った心持があって、そういう雰囲気を詠み込みたいと思ったりすることが、かえって作句の妨げとなるのであろう。修練の足りない悲しさというものであろうか。

87　極楽の文学

虚子先生が極楽の文学であると言われた俳句が、私たち実作者にとって、それを作るのに、必ずしも極楽の雰囲気でないということは、ちょっと妙な感じがする。俳句をどう作ってよいか判らなかった初学の頃は、難しいなりに、句作ということが楽しかったように思う。それがいつの間にか重荷になり、苦痛になって来ている自分を顧みて、慄然とすることがある。前に、そぞろの句だとか、遊びの境地だとかについて、少々書いたことがあるが、そのような融通無碍の心になって、俳句が作りこなせるのはいつの日のことであろう。

私の初学の頃、父はちょうど今の私くらいの年齢であったろうが、苦吟して妙な句を作っている私に、冗談に、材料さえ持って来てくれたら、どんな句でもどんな風にでも作ってやるぞ、などと冷かし半分の励ましをくれたものであった。何くそと思ったがまだその頃は面白かった。しかし今では句作というものが自分なりに身についてしまって、興奮もなければ楽しさもない。これが私の俳句を次第に間口の狭いものにしているような心地がする。私の家内は踊を少し嗜む。日に二時間も三時間も、ぶっつづけに同じものを復習する。汗だくになって時に夜中の十二時、一時に及ぶことがある。苦しいだろうと思って尋ねると、それが楽しいのだそうである。体力と時間が許せばいくらでも続けていたいと言う。けだし俳句もそうであるべきであろう。吟行に行って一日に三句会くらいやることがある。これが楽しいか苦しいか、そのどちらでもないかによって、生れて来る作品も大きく異なるというものである。

近頃の作家たちは、私なども含めて、楽しむ以上に真摯にもがき苦しんでいるようにも見える。もっと気楽に楽しんでもよいような感じもするのである。

あとがき

俳句に対する思い、あるいは理解といったものは、俳壇全体としても、個人としても、年々変ってゆくものである。私がこの随想を、「初心覚書」という題で、自分の雑誌「諷詠」に連載しはじめたのは昭和三十九年であった。私は四十七歳、父は六十九歳でまだ元気であった。雑誌にも、父と同年あるいはそれ以上の先輩も多く、私は部屋住みの身として、余り断定的に物の言えなかった頃であった。お読みいただけば判ることながら、これらの覚書は、はなはだ謙虚な心持で、丁寧な文体で書かれている。もし文章の迫力に欠けるところがあれば、原因はその辺りにあると思う。

さて、その連載がしばらく続いた頃、読者の中から、これを一書にまとめてほしいという声が聞こえはじめた。その頃は、まだ現在のように、俳句入門書が街に溢れていなかった。コピーをして持つ人々がふえて来たが、私はそのままにして書きつづけた。新しい理論というようなものではなく、俳句を作る人なら、いつかは読み、いつかは思いめぐらすようなことばかりであった。

刊行をためらったゆえんである。私は入門当時、虚子先生の入門書を何冊か読んだ。他では、秋元不死男『俳句入門』に大きな影響を受けた。本書にも、そういった書物から学んだことが、形を変えて述べられておろう。

昭和五十一年に、父が没してから、私は一層初学者に接する機会が多くなった。最近の入門書を次次と読みかつ講義するうちに、なんとなく自分の心のこもった作法書が欲しくなった。それが本書刊行の直接の動機である。今の私は、やはり今の私の書いたものが欲しいのだが、それにはまた時間がかかる。幸い、角川書店社長角川春樹氏のお心入れにより、「俳句」編集部鈴木豊一氏の御尽力を得ることによって、本書が世に出ることになった。これはまことに望外の喜びであって、深く感謝を捧げる次第である。

昭和五十四年八月十日

後藤比奈夫

あとがき　ふたたび

昭和五十四年九月、本著は角川書店から初版が刊行された。入門書の少い時代でもあって、次々と版を重ねて、平成三年六月に九版が出て絶版となった。九版の検印紙は七百枚となっているから、版元ではこの辺が限度と思われたのであろう。それはそれで致し方のないことだが、新しく俳句を始める人、俳句を考え直す人も次々あって、この本の潜在需要はずっと続いて今日に至っている。

「初学作法」と銘打った通り、これは少々古めかしく行儀のよい俳句作りのバイブル。習う人にとっても教える人にとっても無二の友となって貰えると信じている。

それがこの度、ふらんす堂社長の目に止まり、是非にということで改訂版出版の計画がまとまった。まことに有難いこと、感謝で胸が一杯である。たまたま私は今年上寿となったが、この目出度い年に『俳句初学作法』が新しく生まれ変って清々しい姿を見せて呉れる。二十五年振りに万々歳である。

平成二十八年七月二十日

後藤比奈夫

著者略歴

後藤比奈夫（ごとう・ひなお）

本名日奈夫（ひなお）大正6年大阪生まれ。神戸一中・旧制一高を経て昭和16年阪大理学部物理学科卒。昭和27年父夜半につき俳句入門、「ホトトギス」「玉藻」にも学ぶ。同29年より「諷詠」編集兼発行人。同36年「ホトトギス」同人。同51年父の没後「諷詠」主宰。昭和62年より俳人協会副会長。現在、同顧問、日本伝統俳句協会顧問、大阪俳人クラブ顧問、兵庫県俳句協会顧問、大阪俳句史研究会顧問、虚子記念文学館理事、「玉藻」同人会名誉顧問など。日本文藝家協会会員。句集『初心』『金泥』ほか。兵庫県文化賞、神戸市文化賞、大阪府文化芸術功労者表彰、地域文化功労者文部大臣表彰。第八句集『沙羅紅葉』にて第2回俳句四季大賞受賞。第十句集『めんない千鳥』にて第40回蛇笏賞受賞。平成19年9月兵庫県高齢者特別賞受賞。平成27年4月山本健吉賞受賞。

現住所　〒657－0001
兵庫県神戸市灘区高羽字瀧ノ奥5－1－101

改訂版 俳句初学作法

二〇一六年一一月一〇日 第一刷　二〇一七年三月二〇日 第二刷

定価＝本体二二〇〇円＋税

●著者――後藤比奈夫

●発行者――山岡喜美子

●発行所――ふらんす堂

〒一八二―〇〇〇二東京都調布市仙川町一―一五―三八―二F

TEL 〇三・三三二六・九〇六一　FAX 〇三・三三二六・六九一九

ホームページ http://furansudo.com/　E-mail info@furansudo.com

●装幀――君嶋真理子

●印刷――株式会社光スタジオ

●製本――株式会社渋谷文泉閣

ISBN978-4-7814-0916-0 C0095 ¥2200E